サキュバスは愛欲にたゆたう

春日部こみと

イースト・プレス

contents

プロローグ

頭が痛い。燃えるように身体が熱い。

なのに、背中はぞくぞくとして、寒気が止まらない。

「アンナ……」

朦朧《もうろう》とする意識の中、キャサリンは震える声で乳母《うば》の名を呼んだ。

乳母とはいえアンナはまだ若い女性で、母を喪《うしな》ったキャサリンにと父が雇《やと》ったきれいな人だ。キャサリンに優しくしてくれるのは、この邸《やしき》でアンナとエマだけだ。

でもメイドのエマはキャサリンよりもひとつ年上なだけなので、面倒を見てくれるのは主にアンナなのだ。

キャサリンは二人が大好きだった。

父親に放置された娘を、他の使用人は持て余すかのようになおざりな態度で接するのに、アンナとエマだけはちゃんと向き合ってくれるからだ。

「アンナ……どこ……」

流感にかかって高い熱を出したキャサリンの傍に、先ほどまでいてくれたアンナとエマの姿がどこにもない。心細さのあまり、キャサリンはくらくらする頭を必死で支えながら、ゆっくりとベッドを抜け出した。

アンナに傍にいてほしかった。

母親を求めるようにして、フラフラと覚束《おぼつか》ない足取りでアンナを捜しに自室を出た。

眠っている間に夜になっていたようで、邸の中は灯《あか》りが落とされ、しんと静まり返っている。暗い廊下をよたつきながら歩き、アンナの部屋を目指した。とはいっても、アンナは乳母なので、彼女の部屋はキャサリンの部屋の隣だ。いつもならすぐにでも辿り着く距離も、熱でまともに動けない身体では千里にも思える道のりだった。

ようやくアンナの部屋のドアの前まで辿り着いた時には疲れ切っていて、ドアノブを摑んだまま、ずるずるとその場にへたり込んでしまった。そのはずみでドアが開いてしまう。

ガチャリと唐突に開いたドアに、中の人物が悲鳴を上げた。

「キャア！」

「うわっ！」

アンナだけだと思い込んでいたキャサリンは、上がった悲鳴の中に彼女以外の男性のものがあったのに気づき、重い頭を持ち上げて覗き込む。

「え……？」

その光景に、キャサリンは目を瞬いた。

薄明かりの中、ベッドの上に裸の男女の姿があった。

勿論女性の方はアンナだ。

全裸で胸を反《そ》らすようにして男性の上に跨《また》がっている。

それだけでも十分に衝撃的な光景だったが、それ以上にキャサリンを吃驚《きっきょう》させたのは、アンナの下に全裸で寝そべり、顔だけをこちらに向けている父の姿だ。

「お、とう、さま……？」

キャサリンは大きな目をこれ以上はないほどに見開いて、途切れ途切れに父を呼んだ。

父は今日帰らないと、アンナが言っていたのだから。

キャサリンは昼間、高い熱を出した苦しさと心細さから、父に会いたいとアンナに訴えた。もしかしたらこんな時くらいは顔を見せてくれて、優しい言葉をかけてくれるかもしれないと、淡い期待を込めて。

だがアンナは困ったように微笑んで諭《さと》すように言った。

『キャサリンお嬢様。旦那様はとてもお忙しいので、今日こちらへはお戻りになりません。ワガママを言ってはいけませんよ。さあベッドで寝ていれば、きっと良くなりますから』

キャサリンは、それはガッカリしたが、アンナに困った子だと思われたくなくて、淋しさにグッと耐えた。

——それなのに、お父様は既に帰っていて、私のところではなくアンナの部屋に行って、そして――。

裸で睦《むつ》み合う男女――キャサリンはまだ十歳だったが、その意味は分かっていた。

主の娘をいない者として扱っているこの邸の使用人たちは、キャサリンの前であっても平気で主の悪口を言うからだ。

『ねぇ、旦那様の今度のお相手、王都の劇場の女優だってさ！』

『へぇ、そりゃまた金のかかりそうな相手だねぇ』

『そうそう、まーた例の如《ごと》く旦那様が入れあげちゃって、花やらドレスやら宝石やらをこれでもかってほど買い与えてんだって。人目をはばからずイチャつくってんで、社交界で噂の的らしいよ。この間は劇場の控室から喘《あえ》ぎ声が聞こえたってさ』

『はん、どうでもいいけど、ちょっとでもその金をウチらの給金に回してほしいね、まったく！』

という具合にあからさまな会話を四六時中聞いていれば、その意味は子供でも分かるようになってしまう。

父が『色狂い』で『節操なし』な人間であり、実子である自分には無関心であることを、キャサリンは大きな悲しみと悔しさと共に呑み込まざるを得なかった。同時に、父がつけてくれた乳母のアンナがくれる優しさに縋《すが》るように生きてきたのだ。アンナの優しさが、間接的に父の優しさであるかのように思えたから。

ドアノブに摑まり呆然とへたり込むキャサリンに、アンナが大きな溜息をつき全裸のままベッドから降りた。

　薄暗がりの中でも、アンナの裸はひどく艶《なま》めかしかった。むっちりとした手足、大きな乳房、額に張りつく髪。アンナをかたどるそれら全てはとても凶暴に見えた。少しでも動けば喉元目がけて噛みついて来そうな、そんな予感がして、キャサリンは近づいてくるアンナを恐怖に慄《おのの》きながら見つめることしかできなかった。

　一方で、アンナはガタガタと震えるキャサリンを見下ろすと、にい、と口の端を上げた。

「覗き見ですか？　お行儀の悪いお嬢様ですこと」

「あ……あ……」

　責められ、理由もなく弁明をしなくてはと思い口を開いたが、出てくるのは意味をなさない音だけだ。目に涙を溜め始めたキャサリンに、アンナが忌々しげに舌打ちをする。

「本当に手間のかかる子供！　愛人にしてくれるって言うからついてきたのに、蓋《ふた》を開けてみればこんなワガママ娘の面倒を見させられて、とんだ詐欺《さぎ》に遭《あ》ったもいいところだわ！」

「おいおい、道端《みちばた》で春を売ってたお前にまともな職を与えてやったんだろうが。感謝こそされても文句を言われる筋合いはないぞ」

　アンナの暴言にベッドの上から父が可笑《おか》しそうに応じる。自分の娘が悪しざまに言われているのに気にも留めていない。

　アンナは不満げに唇を突き出した。

「何言ってるの、子守りと愛人じゃあ雲泥《うんでい》の差よ！　ドレスも宝石もごちそうもないのに！　あなただって他の女のところばっかりで、ちっとも私のところに来ないじゃない！」

「だから今こうして来てやってるんじゃないか。嫌ならこの邸を出て行ったっていいんだぞ？　だがお前だってもう路上で身を売る生活には戻りたくはないだろう？」

父の言葉に、アンナが不満そうに鼻を鳴らした。それを同意と取ったのか、父は満足げに笑って寝そべったまま手だけを振った。

「さあ、そんな益もない話はおしまいだ。戻っておいで」

「なによ、もう」

まるでキャサリンなどここに存在しないかのような会話だった。

私のお父様。大好きなアンナ。

自分にとって大切だった二人の大人からも、いない者として扱われる状況に、キャサリンは茫然と、けれどどうしようもなく納得した。

——私は、誰からも必要とされない子なんだ。

厄介《やっかい》。迷惑。お荷物。

誰からも愛されない。

そういう存在なのだ。

アンナは踵《きびす》を返した瞬間、キャサリンの存在にまるで今気づいたように顔だけ振り返ると、ドアの外を指差した。

「ほら、お嬢様。いつまでこんなところに座ってらっしゃるの。さっさと出て行きなさい。あなたのお父様は、これから私と楽しいことをするんですってよ」

あはは、と甲高い笑い声で言い捨てられ、キャサリンは慌ててヨタヨタとしながら部屋の外まで出た。

すぐに閉めようとしたアンナだが、閉まりきる直前に「あ」と言って、その手を止めた。そしてその場を離れてまたすぐ戻って来ると、キャサリンへ小さな薬包を放って寄越した。

「ホラ、それ熱冷ましの薬だって、昼間に来た医者が置いていったわ。勿体ないから自分用に取っておこうと思ったけど、子供用の薬だから効かないかもしれないわよね。それ飲んで大人しくしておいてくださいね、お嬢様」

言いたいことだけ言って、アンナはバタンと部屋のドアを閉めてしまった。

キャサリンはへたり込んだまま閉められたドアをぼんやりと眺めていたが、やがて中から獣《けもの》のような喘ぎ声が聞こえ始めると、ノロノロと手足を動かしてその場を離れた。

もう何も考えられなかった。

哀しみや悔しさはなかった。

それを感じられないほど頭が朦朧とし始めていたからだ。

熱がまた高くなっているのが自分でも分かる。

自室に戻り、這うようにしてベッドに上がると、キャサリンは先ほど寄越された薬の包み紙を開いた。中には乾燥した植物の粉が入っていた。薬湯にするものなのだろうが、この時間、湯は手に入らない。

アンナが横取りしていた熱冷ましの薬。

昼間に飲ませてくれていたら、と思ったが、怒る気力もなく、ただひたすら楽になりたくてその粉を呷《あお》った。

口の中に苦味が広がる。煎《せん》じて飲むものだから当たり前だが飲みにくく、何度も咽《む》せそうになったが、唾を溜め込んで必死に飲み込んだ。

口の中にざらざらとした感触は残ったが、なんとか大方を飲みつくすと、ポスリとベッドの上のクッションに顔を埋めた。

ぞくぞくとした悪寒がぶり返してきたため、重い身体を必死で動かして布団の中に潜り込む。

身が布団に包まれることで、ホッと全身が弛緩《しかん》した。

そのまま何も考えずに、キャサリンは微睡《まどろみ》の中に逃げ込んだ。


――くるしい！　息ができない！

どのくらい時間が経っただろうか。

キャサリンは羽毛の布団の中で身を捩《よじ》った。

喉が窄《すぼ》まった感じがして、息がしづらい。それでも息を吸おうとすれば、ひゅうひゅうと笛を吹いたような音が鳴る。

身体が燃えるように熱い。汗で湿ったナイトウェアが身体に張りつき、ひどく煩《わずら》わしい。

「お、と、う、さま……」

ひゅう、ひゅう、と騒がしく乱雑になる呼吸の合間に、必死に父を呼んだ。大きな声を出したつもりだったのに、喉が痛くて弱々しい掠《かす》れ声にしかならなかった。

くるしい。くるしい。くるしい。

頭が白くなる。身体が引きちぎられそうだ。

さっきアンナにもらった熱冷ましの薬を飲んだというのに、どうしてこんなに苦しくなるのか。

——たすけて。だれか、たすけて。

誰ともなくキャサリンは哀願した。

父は呼んでも来てくれなかった。では母は？　キャサリンも覚えていないほど小さい時に亡くなってしまったという母ならば、天国から手を差し伸べてくれるだろうか？

——きっと、ダメね。

何故なら、これまでもずっと、困ったことがあった時に母にお祈りしてきたのだ。お母様、どうか助けて。お母様、どうか抱き締めて。お母様、どうか……でも、天国にいるはずの母は、一度だってキャサリンの祈りを聞いてくれたことはない。

ではアンナは？　これもダメだ。

優しかったはずのアンナは、あんなにも冷たい目で自分を追い払った。

――わたしも、お母様のように、死ぬのかしら。

そう思ったら、途端にぶるりと寒気が走った。

さっきまで燃えるように熱かったのに、今はゾクゾクと背筋が寒い。ガタガタと震えだす身体を抱き締めるように丸めて、キャサリンは声もあげられずに泣いた。

空気を求めて肺が大きく広がり、ひゅう、と一際高く喉が鳴った。

――くるしい。こわい。たすけて。だれか、たすけて……。

「お嬢様」

その時、澄んだ声がした。キャサリンとそんなに変わらないくらいの子供の声だ。

誰だろう、と霞《かす》み始める思考でぼんやりと思う。

「キャサリンお嬢様、大丈夫ですか。今薬をあげます。お医者のものではないけれど、とても良く効くんです」

――エマ?

重い瞼をうっすらと開けば、目の前に黒髪の少女の顔があった。猫のように大きな翡翠《ひすい》の瞳が、淡々とした光を湛《たた》えてこちらを見下ろしている。

そうだ、エマだ。新しく自分付きのメイドとなった少女だった。最近、父がどこからか連れてきたのだ。

自分と年がひとつしか違わないのにとても大人びていて、キャサリンのようには泣いたり笑ったりしない。いつも無表情に傍に立っていて、感情を浮かべることのない翠の瞳でキャサリンを眺めている。とても十一歳とは思えない。

最初はその無表情が怖くて苦手だったけど、無表情なだけでエマはとても優しくて、キャサリンの面倒をよく見てくれた。

すぐ絡んでしまうキャサリンの細い金の巻き毛も毎朝根気良く丁寧に梳き解《ほぐ》してくれる。アンナは面倒だと言ってやってくれないのに。

お人形遊びにも付き合ってくれる。この間は、お昼ご飯のサンドイッチに挟んであったルッコラを代わりにこっそりと食べてくれた。

それにエマは平民で学校に行っていないのに頭がすごく良くて、キャサリンが読めない難しい本もスラスラと読んでしまう。エマはなんでもできる。

いつの間にか、エマはキャサリンの憧れになっていた。

――そうか、エマが助けに来てくれたのだ。

キャサリンはホッとしてエマの差し出す薬を口にした。喉はまだ笛を吹いたように鳴っていて、苦い液体を飲み込むのにとても苦労したが、それでもこれで楽になるかもしれないと思ったら、苦しくても我慢できた。

ゆっくりと時間をかけて瓶の中身を全部飲み切った時には、喉の圧迫感が少しずつ取れ始め、呼吸が楽になり、強張っていた身体をゆっくりと緩めることができた。

「あ、りがと……エマ……」

まだ掠れ声だったけど、お礼を言うことができた。

するとエマは人形のように固まった顔を、少しだけ歪《ゆが》めた。

とても不器用だったけれど、多分、それは笑顔だった。

「いえ。お嬢様の、今のその、息ができなくなったやつ。多分、喘息《ぜんそく》というやつです。私がここに上がる前、下町で暮らしてた時、近所に喘息持ちのおばあさんがいて。そのおばあさんが、木の根から自分で薬を作っていたんです。私たちはお金がなくてお医者様になんかかかれないから、風邪をひいた時なんか、そのおばあさんの薬湯をよくもらってました。おばあさん、死ぬ前に教えといてやるって、私にその作り方も教えてくれて。……あ、勝手に飲ませてしまいましたけど。ドネガル子爵……旦那様に怒られるかもしれません」

いつになく饒舌《じょうぜつ》に話し続けるエマに、キャサリンはふふ、と笑った。いつも無愛想なエマがたくさんお話をしてくれるのが嬉しかった。

さっき見せつけられた衝撃の事実――父とアンナの情事に重く沈む心が、少しだけ軽くなった気がする。

――父もアンナも、私が邪魔なんだわ。

顧《かえり》みられない存在どころか、邪魔ですらあったなんて。

それが分かり、自分は誰からも必要とされない存在なのだと思った。

――だけどエマは、私を助けてくれた。

苦しくて苦しくて、もう死んでしまうかもと思った時、救ってくれたのはエマだった。

いつの間にか、呼吸はすっかり元通りになっていた。それでも身体はぐったりとしていて、キャサリンはベッドに横たわったままエマの白く丸い顔を見上げた。

少し困ったように眉を顰《ひそ》めている。そんな顔をしていても、エマは美人だな、と改めて思った。自分もよく、天使みたいにかわいいと褒められるけれど、でもきっと美人というのは、エマのような顔を言うのだ。

やっぱりエマはキャサリンの憧れだ。

「お父様が怒ったって関係ないわ。エマの薬湯のおかげで、苦しいのがすっかりとれたもの。怒られるっていうなら、内緒にしましょう。エマと私だけの秘密よ」

声を潜めてそう言えば、エマはちょっと驚いたように目を瞬いて、それからふんわりと顔を綻ばせた。

「……はい、お嬢様」

先ほどのぎこちないものとは違い、今度は本物の笑みだった。

とてもきれいな笑顔だった。

1章　サキュバス侯爵

「最近、招待状が増えたわね」

キャサリン・ローレンシア・ゴードンは、今しがた執事が持ってきた郵便物を検《あらた》めながら、目の覚めるようなブルーの瞳を眇《すが》めて呟《つぶや》いた。淑女にあるまじく、ふんぞり返るように執務室の厳めしいデスクチェアに腰掛け、ふん、と鼻を鳴らす。

「キャサリン様」

窘《たしな》めるような声は、女性にしてはやや低めの落ち着いたアルトだ。

キャサリンはそれには返事をせず、下ろしたままの金の巻き毛をかき上げた。今日は体調が良いが、いつ喘息の発作が起きるか分からないこの身では、せっかく髪を美しく結い上げてもらっても無駄になってしまう可能性が高い。だから外出の用事がない限り、キャサリンは髪を結い上げないのが習慣になっている。

コホリ、と小さな咳が出たのを忌々しく思いつつ、隣に立つ過保護なエマを心配させないよう、わざと偉そうな態度で封筒を一枚、また一枚とデスクの上に放っていく。

「スペンサー伯爵家から。オールトラップ子爵家から。ダービー伯爵家から。どれも節操なしの色情狂として有名ね。破廉恥《はれんち》な乱交パーティーへのお誘いとは、このハントリー女侯爵もずいぶんと見くびられたものだわ。『サキュバス侯爵』に精気を全部吸い取られたいのかしらね」

自嘲を込めてそう言い捨てれば、目の前に湯気の立った紅茶のカップが差し出される。

「キャサリン様。そのような下世話な物言いはあまり褒められたものではありません」

鴉《からす》の濡れ羽色をした艶やかな黒髪をきっちりと結い上げ、端整な美貌を無表情に固めたエマが言った。

その氷のような表情を見つめながら、せっかく美しい顔をしているのに、とキャサリンは呆れる。子供の頃にはもう少し表情があったのに、と思うものの、それがエマの性質なのだろう。

いつだって冷静沈着。もう十五年ほどの付き合いになるが、キャサリンはエマが動揺するところを見たことがない。

このハントリー侯爵家の家政婦長であるエマは、キャサリンがこの家に嫁ぐ前からのメイドだ。

キャサリンは十五歳の時、ボンクラな父子爵の借金のカタに、六十歳年上のハントリー侯爵の後妻として売られた。

まだ夢見がちな年頃だったキャサリンには青天の霹靂《へきれき》だった。

キャサリンの生家であるドネガル子爵家は、父の賭博癖《とばくへき》のせいで没落寸前であることは有名だったし、喘息持ちである自分は嫁のもらい手がないとうすうす分かってはいたつもりだったが、まさか自分の父が幼女趣味の変態じじいに娘を売るようなロクデナシだとは思わなかったのだ。

自分の見た目が『幻の美女サロメと生き写しの美少女』と評判だったのも悪かった。今は亡きキャサリンの母サロメは美人で有名で、結婚相手も引く手あまただったようだ。王族からの求婚もあったとかで、何故あんなボンクラ子爵と結婚したのかと社交界で噂になるほど釣り合いの取れない結婚だったらしいが、ともかくそんな亡き母の美貌を、キャサリンはそっくり受け継いでいるらしい。

そばかすひとつない真っ白な肌、柔らかな金の巻き毛、真夏の青空のようなブルーアイズ、そして精巧《せいこう》な陶器人形のように整った愛らしい顔。

そして身体が弱かったためか、発育が不良だった。

その評判に、幼女趣味の変態じじいが飛びついたというわけだ。

里心が付かない方がいいからと、身ひとつで売られそうになったところを、エマを連れて行けないのなら自害すると父親を脅して一緒について来てもらった。

あの時は、心細さと突如身に降りかかった悲劇に我を忘れていたが、思えばエマにとってはいい迷惑だったろう。なにしろ、金はあるが幼女趣味で悪名高い侯爵への輿入れに、同世代であるエマを連行したのだから。

キャサリンのみならず、エマにだってその魔手が伸びてもおかしくなかった。

それなのに、エマは泣いて取り縋るキャサリンの背を撫《な》でながら、黙って頷いてくれたのだ。

『安心してください、キャサリンお嬢様。私はいつまでも、あなたと共に』

ハントリー侯爵家に向かう馬車の中で、碌《ろく》にエマの意志を訊かず同行させてしまったことを懸命に謝ると、エマは相変わらずの無表情でそう言った。けれどキャサリンには、変わらないその無表情がどんなに心強かったかしれない。

こうして運命共同体となったキャサリンとエマは、しかし侯爵の餌食にはならなかった。新婚初夜に、彼が心の臓の発作で天国へと召されてしまったからだ。正直、ホッとしなかったとは言わない。まだ十五の娘には変態じじいとの閨事など地獄への入口にしか見えなかったし、いっそ修道院へ行った方がマシだとすら思っていた。

だが別に夫となった人に死んでほしかったわけではない。

だから侯爵の死には驚いたし哀しかった。どんな人物であれ、人の死は哀しいものだ。

しかし世間にとっては格好の醜聞《しゅうぶん》だったようだ。

『賭博癖のあるボンクラ子爵に売り飛ばされた憐れな娘が、その復讐に新婚初夜で夫を腹上死させた！』

『十五歳で夫を腹上死させるとは、なんたる妖女《ようじょ》！』

『あの、社交界の男という男を魅了した美貌のサロメの娘だ！　夢魔《サキュバス》であったとしても無理はない！』

『それにハントリー侯爵には跡継ぎがなかったじゃないか。その死のおかげで、今やサロメの娘はハントリー侯爵未亡人——つまりハントリー女侯爵だ！　あの莫大な遺産は全て彼女のもの！　なかなかしたたかな小娘だよ！』

『本当だな！　あの強欲で小物な父親より余程しっかりしていると見える』

『どれ、私も一度その『サキュバス侯爵』と一戦交えてみたいものだ！』

もともといわくつきの結婚話は、初夜の花婿の死によって面白おかしく尾ひれをつけられ、キャサリンはあっという間に『初夜で花婿を腹上死させ、その遺産を強奪した淫婦』という悪評を立てられ、『サキュバス侯爵』という二つ名をいただくことになってしまったのだ。

それを知った時には怒りで卒倒するかと思ったが、だからといって後ろ盾のない十五の小娘に何ができただろう。

キャサリンは社交界での評判の回復など早々に諦め、領地に引き篭もることで身を護った。とはいえ身体の丈夫でない彼女には、そもそも王都の華やかな生活は無理があったのだが。

以来十年間、キャサリンは社交界から離れ、王都からも遠ざかった地味な生活をしている。

出かけるところといえば、趣味を兼ねた湯治目的の温泉地くらいだ。

温泉は良い。とても良い。

この国では、温泉は老人の腰痛や肩凝りの治療に利用されるのが一般的だ。

「喘息に効くという温泉に行ってはどうか」と、エマから初めて提案された時には、そんな年寄りくさいことをと思ったものだが、一度経験してしまえばその魅力の虜《とりこ》になってしまった。

温かい湯に身体を浸す歓び。

ハッキリ言って、あれはもう快楽だ。

更には全裸で湯に浸かりながら、大自然を眺めることができるという解放感。

素晴らしい。

普段ままならない身体を抱えるキャサリンには、温泉の快楽と解放感は確かに薬に他ならない。これまであった辛いこと——ロクデナシの父親のことも、自分の悪評のことも、嫌なことを全部忘れることができる瞬間だ。

こうやって趣味の温泉巡りをしつつ、王都から遠ざかって地味な老人ライフに邁進して来たというのに。新しい噂が好きな社交界だから、十年前の『サキュバス侯爵』のことなどすっかり忘れ去られているものだと思っていた。

「何故今更、こんなものを送って来るのかしら」

『ふしだらなお遊び』に『サキュバス侯爵』が相応しいと考えたのかもしれないが、今更な感じが拭《ぬぐ》えない。

いい加減放っておいてほしいと思っていると、エマが更に焼き菓子をのせた皿をデスクの上に運びながら、そう言えば、と呟いた。

「王都がまた少々きな臭いようです」

「きな臭い？」

「レノックス派がまた騒ぎ出しているそうですよ」

「ああ、王弟殿下派……。新王が立ってもう五年になるっていうのに、あの人たちまだ諦めていないのね」

五年前、まだ壮年にも差しかかっていなかった先王が、落馬によって命を落とした。

その後継者を巡り、王太子派と王弟派で政界が二つに割れたのだ。

王太子が当時まだ五歳であり、王弟であるオーランド・アラステア・エドワードが類まれなるカリスマ性の持ち主であったため、起こるべくして起こったものだった。

王弟と先王は母違いだが、非常に仲の良い兄弟だった。どちらも優秀かつ美丈夫で国民の人気も高く、王は政治を、王弟は将軍として軍事を担い、この国の双翼とも呼ばれていた。

しかしその翼のひとつが突然折れてしまったのだ。

当然ながら周囲の期待は、残った一翼に集中した。王弟を国政者にと望む声は大きく、正当な後継者である王太子を護るべきだとする派閥と勢力を二分するほどだった。

だがこの紛争は、王弟が自らレノックス公爵として新王の臣下に下ったことで終結した。

現在幼い少年王には、前王妃の弟、ロスシー侯爵ダグラスが摂政としてつき、政治の舵取りをしている。この人選は王弟自らが指示したものであるらしく、王弟派も文句をつけられなかったという。

摂政は人望のある正しい為政者であるようだが、王弟派の不満は未だ解消されていないらしい。『王弟派』から『レノックス派』へと名を変えて、新王派である現政府に対して頻繁に難癖を付けては揉《も》め事を起こしているのだ。

「そのようですね。ですから、その招待状はなにもふしだらな遊びの誘いだとは限りません。なにしろキャサリン様はハントリー女侯爵様ですから」

「金と権力目当て、ということね」

ふん、と鼻を鳴らした。

キャサリンの領地ハントリーは、王都に次ぐ大きさの貿易港を持つ港町、ノースポートを含んでいて、貿易による収入は大きい。つまり、そこの領主であるキャサリンは、社交界から遠ざかっているとはいえ、この国の経済界には大きな影響力を持っているのだ。

招待状を送ってきた連中は、キャサリンと親密になることでその力を得ようとしているのだろう。その過程で『サキュバス侯爵』との濃厚な密事を期待しているのだ。

「それにしても、この招待状を送り付けてきた不届き者たちが、私が実は乱交パーティーなんかとんでもない、温泉巡りが趣味の老人のような処女だって知ったらどうするのかしらね」

「キャサリン様」

皮肉っぽく戯言《ざれごと》を言えば、エマが静かに、けれどハッキリと窘める。相変わらずのその態度に、キャサリンは自嘲にも似た笑みを漏らした。

初夜を敢行することなく未亡人となったキャサリンは、二十五歳となる今でも処女である。それを慮《おもんぱか》ってか、エマはキャサリンの前ではそういった内容を濁《にご》そうとする。

だがキャサリンも、貴族たちがお遊びと称して開いている『仮面舞踏会』やら『美術品を愛でるサロン』やらが、不特定な相手と『お楽しみ』をするふしだらな集まりだという事実は知っている。

耳年増《みみどしま》、というより領主としての当然の知識だ。

意図せず転がり込んできた爵位とはいえ、曲がりなりにも領主なのだ。王都の情報を得るために新聞も読んでいるし、領内の出来事や噂にもそれなりに精通している。

身体が弱い分、頭の良いエマや家令に任せることも多いが、政務は必ず自分で目を通してから行っているし、できるだけ領地に通い、民との交流も図っているつもりだ。

領主として当たり前のことをしているだけなのだが、過保護なエマはいくつになってもキャサリンを過剰に庇護しようとするのだ。

キャサリンは溜息を吐きながら紅茶を啜《すす》った。

ほんのりと甘い味が舌を滑っていく。カリンの蜂蜜《はちみつ》漬けの味だ。

「またこんな贅沢《ぜいたく》なものを」

キャサリンは紅茶を差し出してくれた相手を軽く睨んだ。その視線に気づいたエマは、少し眉を上げたものの、すぐにしれっと目を伏せる。

「喉に良いのです」

「だからって、毎回カリンが入ってなくてもいいのに。最近は発作の回数もだいぶ減ったでしょう」

「それはよろしゅうございました。カリンが効いているのでしょう。苦労して手に入れた甲斐《かい》があったというものです」

さらりと受け流され、キャサリンはやれやれと肩を下げる。

遠い東の国が原産のカリンは、手に入れるのが難しい。それなのに、エマはその輸入品であるカリンで自ら蜂蜜漬けを作って、毎回キャサリンの紅茶に入れるのだから、本当に過保護としか言いようがない。

「あまりお金を使わないでよ？」

キャサリンの金は領民から得た税金だ。領主だから当たり前だと言われてしまえばそれまでだが、享楽のために領民までも困窮させたボンクラ領主の父を見てきただけに、自分のためにお金を使うことには罪悪感がある。

けれどエマは呆れたように翡翠色の目を軽く見開いた。

「キャサリン様はもう少しお金を使われても良いくらいです。ドレスだって、もうずいぶん新調なさっておられないではないですか」

「着る機会のないものを作ってどうするのよ。こんな身体ですもの。前に作ったドレスだって、あんな豪華で重たいものなんか着たら、あっという間に疲れてしまうわ」

去年の春にエマに言われて仕立てたドレスは、素晴らしい出来だった。今流行のデザインだとかで、キャサリンの豊かな胸を強調するように胸元がぐっと開いており、腰から流れるようなラインを描いて、スカートがふんわりと広がっていた。鮮やかなブルーのタフタに銀の糸で細やかな刺繍が施され、各所に小粒の真珠が縫い付けられた華やかなドレスは、まるで自分が物語の姫君にでもなったかのようで、着るだけで心が浮き立った。

けれどそんなドレスを着たところで、脆弱《ぜいじゃく》なキャサリンの身体は、重いドレスや身体を締め付けるコルセットには長時間は耐えられない。まして、社交界に顔を出すようなこともない、悪名高い『サキュバス侯爵』だ。美しいドレスなど、無用の長物。

「ねぇ、あのブルーのドレス、エマにあげるわ」

「……は？」

不意に思いついてそう言えば、エマの眉根が寄った。

無表情が板に付いたエマには珍しい顔だった。

「だって、私はあまり着る機会がないし。それならあなたに着てもらった方が、あのドレスだって喜ぶと思うの。あなたには私の代わりに貿易商とかの晩餐会に出てもらうこともあるし、私よりも使う機会が多いでしょう。幸い、サイズもあまり変わらないわ。きっとあなたの方が私よりもずっと似合うと……」

「キャサリン様！」

妙案のように思えて話し続けるキャサリンに、鋭い声が飛んだ。

ビックリして顔を上げれば、滅多に感情を表すことのないエマが、ひどく険しい眼差しでこちらを見ていた。その双眸の鋭さに、キャサリンは思わず固唾《かたず》を呑む。

まるで刃物を喉元に付きつけられているかのようだった。

「わたくしなどが、あなた様のドレスに袖を通せるはずがありません。いくら侯爵代行を致そうと、わたくしは平民です。あなた様とは、違うのです。――あまり戯言をおっしゃいませんよう」

言葉を重ねる間に鋭い眼差しを緩め、やがて目を伏せていつもの穏やかさを取り戻したエマに、キャサリンはただ頷くことしかできなかった。

それほどに、たった今垣間見たエマの激情は、夏の嵐の稲光のように鮮烈《せんれつ》にキャサリンの心に焼きついたのだった。

＊＊＊

その噂を聞いたのは偶然だった。

お目付け役でもあるエマは、月に一、二度、故郷の知り合いに会いに行くために休みを取る。

その日はキャサリンの『お忍びの日』だった。

領内のあちこちを町娘の恰好をして視察に出かけるのだ。

要するに、鬼の居ぬ間になんとやら、である。

幸い身体の調子はこのところずっと良く、発作もほとんど起きていない。そして、エマ以外のメイドの目を誤魔化《ごまか》すのは容易い。

身体の丈夫でないキャサリンがベッドの上で一日を過ごすことは珍しくないし、身代わりに包んだ毛布をベッドに仕込んでおけばバレはしない。それはエマがキャサリンの世話を他のメイドにさせないからでもあった。他のメイドたちは呼ばれない限りキャサリンの部屋に入ってこようとはしないのだ。

そんなわけで、その日もキャサリンはこっそりと邸を抜け出し、繁華街であるノースポートへうきうきと向かった。

領内の情報を得るには、やはり繁華街が一番手っ取り早い。

キャサリンは乗合馬車を降りると、港付近の露天商の通りを抜けていつもの食堂へ向かってブラブラと歩いた。

その『たぬき亭』という食堂は、花街への通過点にあり、柄の悪い連中もチラホラと見える少々物騒な場所である。しかしそれを見越してなのか、すぐ傍に自警団の駐在所が設置されているので、万が一何かが起こってもなんとかなると踏んでいた。

現在、ハントリー領における犯罪は領主であるキャサリンが裁いている。そのキャサリンの下には領内の治安を維持する十数名の治安判事が存在しているのだが、実際には数が足りず、充分に機能していないのが現状だ。

だから現在、揉め事が起きた際に領民たちが頼るのは、もっぱら領民主体の自警団である。その町の有志によって構成されるこの自警団は、非常に上手く揉め事を解決する。これまでのお忍びで、彼らが喧嘩の仲裁をするところや、物とりを捕まえる場面などに幾度も居合わせたキャサリンは、彼らの能力をかなり評価していた。

これからは治安判事と自警団の連携を図っていき、最終的には双方の良いところを兼ね備えた組織へと合同していかねばならないと考えている。

そしてその自警団の駐在所に近い『たぬき亭』では当然彼らの噂話も耳に入ってくる。

やや遅めの昼食にと、お目当ての食堂でパンと牛ほほ肉の煮込みを頬張っていた時、ちょうど背後の席に座った自警団らしき二人組の話が聞こえてきたのだ。

「まったく、最近のノースポートの風紀はどうかしているな。乱痴気騒《らんちき》ぎに乱闘騒ぎが毎晩のようだ。賭け事小屋や娼館は、受け答えもままならない妙な客ばかりで、暴れまくって手に負えない。この間なんか、その場にいる全員を捕縛したんだぞ」

「まさか『悪魔の薬』にでも手を出してるんじゃないだろうな」

不穏な言葉が飛び出し、キャサリンは思わず口の中のものを噴き出しそうになった。

蒸気船が開発され、異国との貿易が盛んになった十数年前、異国からもたらされたその麻薬は、人を堕落させ、世の中を混乱させる『悪魔の薬』であるとされ、先王が大々的に取り締まり根絶させたのだ。

今では『悪魔の薬』を所持していただけで極刑に処される。

「おいおい、それは縛り首になっちまう重罪だぞ。それに『悪魔の薬』は国が厳しく監視しているから国内には入らない。薬だけじゃなく、全ての輸入品を徹底的に管理しているんだ。持ち込めるはずがないだろう」

「そうだけどよ。抜け道ってのはどこにだってあるもんだろう？　なんでも王都の方ではここ最近、ひどく風紀が乱れているそうだ。ヤバい薬が流行ってるらしく、それがどうやら『悪魔の薬』だってもっぱらの噂だぜ」

「だとしたら、そういうヤバいもんこそ、治安判事殿らに取り締まってもらわんことにはなぁ。なにしろ俺らはそういうのを取り締まるための権力は持っちゃいないんだから」

キャサリンはこっそりと耳をそばだてつつ、背後の男性に心の中で頷いた。

その通りだ。『悪魔の薬』を所持していた人間を捕まえることはできても、それは蜥蜴《とかげ》の尻尾《しっぽ》切りにしかならない。売人の元締めを特定しなくては何も解決しないからだ。

自警団である彼らは揉め事の仲裁や現行犯逮捕まではできるが、証拠を集めて犯人を突き止め逮捕するのは、法律行使権を王から授けられた治安判事たちの仕事だ。

つまりはその治安判事長官であるキャサリンの仕事だ。

「ああ、はやくラスティ総督が自警団組織の国営化を国に認めさせてくれねぇかなぁ。そうすりゃ、俺たちもずっと動き易くなるのに」

――自警団の国営化？　ラスティ総督？

聞き慣れない言葉にキャサリンは軽く首を捻ったが、もう一人が熱心に話すのを聞いてなんとなく理解に至った。

「あのラスティ総督だぜ。できるに決まってるだろ。てんでバラバラなことしかやって来なかった各地の自警団に規律と秩序を与えてひとつにまとめたんだ。人から指図されるのが大っ嫌いな、あんな血気盛んな奴らをおとなしくさせてだぜ？　ハッキリ言って奇跡だよ」

――なるほど。自警団の中に、自警団員をまとめ上げて国営化運動をしているラスティという男がいるってことね。

自警団を国営化するというのは、実のところ悪くない発想だな、とキャサリンは独り言つ。

国、あるいは領主が自警団に代わる組織を新たに作り上げるよりも、既にある組織を国営化する方が労力も費用も少ないのは自明の理だ。

――そのラスティ総督とかいう人には頑張ってほしいわね。

各地にぶつ切り状態で存在するだけの自警団が統一され組織化されれば、王都の情報も入り易くなるだろうし、とスプーンで掬った煮込み料理を口に入れながら考える。

王都がきな臭いとエマも言っていた。王都で『悪魔の薬』が再び横行しているのだとすれば、それも当然だろう。治安が乱れるのは王が幼く頼りないせいだと、喚き散らすレノックス派が目に浮かぶ。

とはいえ、キャサリンにとってこれらの派閥争いは、正直どうでもいい話だ。

――何よりも、まずは自領の治安維持が優先だわ。

咀嚼《そしゃく》していた肉の塊を呑み込んで、キャサリンは席を立ち店主に勘定を頼んだ。

その後向かったのは娼館や賭博小屋が立ち並ぶ花街だ。

あの自警団の男たちは、娼館や賭博小屋で騒ぎが起きていると言っていた。

もし『悪魔の薬』がこのハントリー領内に持ち込まれているとすればすぐにでも対処しなければならない大問題だ。

情報収集は早ければ早い方がいい。

こんなところを女一人でのこのこと歩くのはあまり良いことでないのは分かっていたが、キャサリンとて無計画に動いているわけではない。

花街にある薬屋を目指しているのだ。

花街に薬屋はつきものである。避妊薬や堕胎《だたい》薬といった薬を最も必要とするところだからだ。

その中の薬屋のひとつが、キャサリンの知り合いの店だった。

知り合いと言っても、最近知り合いになったばかりで、キャサリンがその人物と出会ったのはほんの数か月前のことだった。

今回と同様にお忍びでノースポートをフラフラしていた際、唐突に喘息の発作が起こってしまったのだ。

間抜けにも発作止めの薬を携帯してくるのを忘れていたキャサリンは、道端にしゃがみ込んだ。

狭まる気道にひゅうひゅうと鳴る喉、息苦しさに全身から汗が噴き出す。

そんなキャサリンの尋常ではない様子に周囲の人間たちが気づき出した時、彼女の腕を摑んだ者がいた。

『喘息か？　発作止めの薬は持っているか？』

どうやら男のようだったが、苦しむキャサリンにはどんな人物であるかなど分からなかった。ただ必死に首を横に振ると、男は連れに何か言い、しばらくの後、キャサリンの口に小瓶を押し当てた。

『ゆっくりでいい。飲むんだ』

『こ、これは……？』

『安心しろ、喘息の発作止めの薬だ。たまたま連れが薬師だったのでな』

キャサリンは藁《わら》にも縋る思いで与えられた薬を飲み干した。

果たして気道が広がり、ようやくまともに呼吸ができるようになって落ち着くと、キャサリンは改めて恩人を振り仰いだ。

そこには、心配そうにこちらを見下ろすハシバミ色の瞳があった。

三十歳くらいだろうか。骨張った男性らしい輪郭に整った目鼻立ちをした、赤毛の美丈夫だった。

キャサリンの肩を支えるように摑む手は大きく、そこから伸びる腕は太く逞《たくま》しかった。肩幅も広く、しっかりとした筋肉に覆われた肉体が衣服の上からでも分かり、肉体を使う職業なのだろうと推測できた。

――武人なのかしら。

『ありがとうございます。助かりました。何かお礼を……』

そう礼を言ったキャサリンに、男は首を横に振った。

『気にするな。困った時はお互い様だ。それに、礼ならば連れに言ってくれ。薬はこいつが持っていたんだから』

男が親指を立てて指した背後を見れば、赤毛の男性よりも更に大柄で筋骨隆々の男性が太い腰に手を当てて立っていた。刈り込まれた金髪が非常に男らしい。

『まぁったく、喘息持ちならちゃんと発作止めの薬くらい持ち歩きなさい、小娘！』

男性らしさの権化のような見た目とは真逆の女言葉に度肝を抜かれたことは、未だに忘れられない思い出だ。そして自分を『小娘』扱いする人間も初めてだった。

『あ、ありがとうございます……』

呆然とお礼を言ったキャサリンに、二人の男は眉間に皺《しわ》を寄せた。

『まだ顔色が悪いな』

『アンタ、ちょっとウチに寄って行きなさいよ。すぐ近くの薬屋よ。発作起こした後は体力消耗してんだから、一度休んだ方がいいわ』

『えっ、あら、そんな……』

申し訳ないからと断ろうとしたキャサリンだったが、男たちは有無を言わさず花街の中にある小さな薬屋へキャサリンを連れて行った。

『アタシはアーロンよ。薬師をやってて、この薬屋の店主。で、こっちが悪友の……』

『ラスだ』

アーロンが淹《い》れたお茶を啜りながら自己紹介する二人を見て、キャサリンは笑いが込み上げてきた。厄介《やっかい》の種でしかなかった喘息が、こんなふうに奇妙な出会いを運んで来たのだと思うとおかしくなってしまったからだ。

『私はキャスです。どうぞよろしくお願いします』

初対面で強引に相手の店にまで連れ込まれたというのに、何の恐怖も抱かない自分に驚きつつ、気がつけば笑顔で彼らに握手の手を差し出していた。

こんなことがエマに知れれば、大目玉だと思いながら。

これが、キャサリンとラスたちとの出会いだった。

「こんにちは」

小さなドアをノックして中に入れば、薬草独特のつんとした匂いが鼻を刺激した。乾燥した植物の葉や根、実、そして動物の臓腑などの瓶詰《びんづめ》がところ狭しと並べられた薄暗い店の奥で、のんびりと頬杖をついて椅子に腰かけていた人物が顔を上げた。

「あらあら、まぁたこんなところに来たの、アンタ」

呆れたような口調で優雅に眉を上げたその人は、けれどおよそ優雅とはかけ離れた見た目をしている。どう見てもえり抜きの戦士でしかない彼が、この薬屋の店主のアーロンだ。ちなみに何故女言葉なのかは、その方が娼館で商売をし易いからだと教えてくれた。正直キャサリンにはその理屈はよく分からないが。

「ええ、また来ました」

にっこりと微笑んでそう言えば、アーロンは、ホォント物好きねぇ、とくるりと目を回した。

「アンタねぇ、どこのお嬢様か知らないけど、ちょっとは自衛ってもんを覚えなさいよ。この界隈《かいわい》物騒なんだから、アンタみたいなちょっとキレイでポヤポヤしたの、どっかに引っ張り込まれてもおかしくないわよ?」

そのポヤポヤお嬢様を初対面で強引に店に連れ込んだ人間に言われたくはない。ここの店主はどうにも気安い性質のようで、この間知り合ったばかりの客にもまるで身内のような声掛けをしてくる。

なんだか心がくすぐったいような気持ちになりかけながらも、キャサリンは気を引き締める。

――いけない、いけない。

ここには情報収集に来ているのだ。相手から情報を得るために、仲良くなって気を赦してもらうのは大事だが、自分までもが気を緩めてはダメだ。

――人は裏切るものだもの。

父やアンナがそうであったように。

だからキャサリンはそれを聞き流し、にっこりと笑ってみせた。

「あら、キレイなお嬢様だなんて。ふふ、もうそんな年じゃないですわ」

「都合のいいところばっか聞いてんじゃないわよ、ばか女！」

キャサリンの飄々《ひょうひょう》とした対応に、アーロンは太い眉根を寄せて苦虫を噛み潰したような顔をする。

相変わらず口の悪い男だが、自分の周囲にはこんなに率直にものを言う人間がいないため逆に新鮮だ。深入りし過ぎてはいけないと思いつつ、キャサリンはこの奇妙な薬師を気に入ってしまっていた。

「そういえば、彼は？　今日はいないのかしら？」

狭い店内を見回してキャサリンが訊ねると、アーロンは肩を竦めた。

「ラス？　さぁねぇ、アイツは気まぐれだから、来たい時にしか来ないわよ」

「そうですか……」

キャサリンは残念に思い小さく息を吐いた。ラスはこの薬師の友人で、この店の常連客だ。

「なぁに？　アンタってやっぱりアイツがお目当てだったわけ？　趣味悪いのねぇ」

ニヤニヤと笑いながらからかうアーロンに、キャサリンは不本意にも顔に朱が走るのを感じた。それを隠すようにわざと目を吊り上げてアーロンを睨みつける。

「そういうの、やめていただけます？」

「ホーント、かっわいいわねぇ、アンタ！」

「何がですか！　あなたが毎度毎度そうやってからかうから、変に意識してしまうんでしょう！」

何が楽しいのか、アーロンはいつもこうやってキャサリンをからかう。

自分を助けてくれた恩人であるラスに対し、キャサリンも悪い感情は抱いていない。

だがそれはアーロンの言う類の好意ではないし、それどころか、キャサリンはラスという男に苦手意識すら持っている。

そもそも、キャサリンには恋愛感情がどういうものであるのかなど分からない。二十五にもなって、と言われてしまいそうだが、十五の時に実の父親によって七十を過ぎた老人に嫁がされ、更にその初夜では鼻息も荒くのしかかってきた変態老人がいきなり事切れたのだ。トラウマ以外の何物でもない。その上、事実無根の悪評によって淫婦扱いだ。人は裏切るものだ。自分の都合で簡単に掌《てのひら》を返してしまう。

——裏切られたくなければ、信用しなければいい。

それは、キャサリンの信条のようなものだった。

人を信用しない者に、恋などできようはずがない。

それなのにアーロンときたら、まるでキャサリンがラスをそういう対象として見ているかのようにからかってくるのだから、本当に面倒臭いことこの上ない。

はじめは至極冷静に対処していたキャサリンも、いい加減腹が立ってきてしまい、なんやかんやと反応を示していく内に、その話題になると赤面するようになってしまったのだ。

「私はただラスの話が楽しみなだけです！　彼の土産話はとても面白いもの」

「はいはい、もう、ムキにならない」

ケタケタと笑うアーロンに、誰のせいだと内心憤りながらカウンターの椅子に座った。

ラスはいわゆる『何でも屋』で、依頼されればなんでも請け負うという商売をやっているらしい。つまりは依頼がなければ無職という生活の保障のない仕事であり、キャサリンにしてみればそんな職が存在するのかと驚いたものだったが、食うに困った様子はないので、それなりにやっていけているのだろう。

そんなラスはアーロンからも仕事を受けており、薬草などの材料の調達に王都にもよく出入りしているらしい。

だから今回は、『悪魔の薬』について何か情報を聞けないかと期待してきたのだ。

薬の材料には輸入品も多い。このノースポートも大きな港とはいえ、やはり王都のグランドポートの方が大きく、取り扱われる商品もそちらの方が多い。『悪魔の薬』が輸入される経路としては、王都にある薬の材料の卸業者が最も怪しい線だろう。

――まぁ、いいわ。

王都よりも、まずは自分の領地だ。

キャサリンは気を取り直してアーロンを見た。

アーロンはちょうど椅子から立ち上がったところで、そのままカウンターの奥にある扉のない出入り口に消えた。短いカーテンで仕切られているだけで、その奥はアーロンの生活の場になっているそうだ。こっそりとカーテンの下から奥を覗けば、小さな竈《かまど》にかけられていたヤカンを手にしてお茶を淹れている。カウンターにカップが二つあるところを見れば、どうやら振る舞ってくれるらしい。

コポコポと熱い湯がポットに注ぎ込まれるのを眺めていたら、アーロンがちらりと横目でこちらを見遣った。

「生姜入りの紅茶を入荷しといたわ。味見させてあげるから、買って帰んなさい」

キャサリンは、ふ、と笑いが込み上げた。生姜はカリンのような貴重品ではなく一般的に流通しているが、喉に効くと言われている。キャサリンの持病を知っているからだろう。口は滅法悪いが、本当に気の良い男だ。

「蜂蜜はないんですか」

「まぁあああずうずうしいわねっ！　あるけど、高いわよ！」

野太い声でキャンキャンと喚くアーロンに笑いながら、キャサリンは出された紅茶の匂いを嗅《か》いだ。つん、と生姜独特の匂いがして、啜《すす》れば辛みが舌を刺激する。だが、美味しかった。

「アーロン、あなたは娼館ご用達《ようたし》の薬師なんですよね？」

「そうよ。だからこんないかがわしい場所に店構えてんじゃないの」

いかがわしいと豪語する薬師に笑いつつ、キャサリンは慎重に言葉を紡ぐ。

「だったら……そうですね、媚薬、なんかも、取り扱っていいます？」

あえて『悪魔の薬』について訊ねず、遠回しに『媚薬』を切り口にした。

アーロン、そしてラスにも、自分の正体——つまりハントリーの領主であることは告げていない。彼らが領主である自分を利用する可能性を否定できないからだ。

このハントリー領内に『悪魔の薬』が存在するなら、最も使用される可能性が高いのはやはり娼館だ。『悪魔の薬』が性行為の時の快感を高めるものだという認識が強いからだ。未だに媚薬の一種だと考えている者もいるくらいだ。

アーロンは娼館に出入りする薬師であるから、『悪魔の薬』が領内で横行しているのならば何か知っている可能性がある。

キャサリンとしてはそれを聞き出したいのだが、問題はアーロン自身が『悪魔の薬』の売人だった場合だ。あからさまに『悪魔の薬』について興味があることを示してしまえば、素性の知れないキャサリンを警戒するだろうし、最悪の場合口封じに殺そうとするだろう。たまに来る知り合いのために、生姜の紅茶を用意しておくようなお人好しだから、恐らくそんなことはないと踏んではいるが、万が一ということもある。

キャサリンの唐突な質問に、アーロンは目をパチクリさせた。

「おっどろいたァ……。アンタの口から媚薬、なんて単語が出てくるとは思わなかったわぁ」

「あら、意外でした?」

「アンタみたいに上品ぶったネンネちゃんが、媚薬なんかなんに使うのよ?」

「ネンネちゃんって……私これでも二十五歳になるんですけれども」

アーロンの言い草に苦笑が漏れた。

昔は発育不良と言われたキャサリンもその後しっかりと成長し、今では女性らしい身体つきになった。

『サキュバス侯爵』という二つ名の影響もあって、キャサリンを淫婦扱いする者こそいても、『ネンネちゃん』などと表現する人間はアーロンぐらいだろう。

自分があの『サキュバス侯爵』だと知ったらアーロンはどんな顔をするのだろう。

「ふぅん、二十五ねぇ……。でもアンタ処女でしょ?」

衝撃の発言に、キャサリンは唖然としてアーロンの厳つい顔を凝視した。

何故処女だと分かったのだろう。

「なんで分かったのかって顔してるわね。あのねぇ、アタシ一応娼館ご用達の薬師なのよ？　その道の玄人を見慣れてんだから、処女かどうかなんてすぐ見分けられんのよ」

「そういうものですか」

「そういうものよ」

「なるほど……」

呆気に取られすぎて恥ずかしいを通り越して感心してしまい、キャサリンは気圧されるように頷いていた。

アーロンはそんなキャサリンの様子に満足したのか、ふふんと笑ってカップの紅茶を優雅な手つきで飲んだ。優雅ではあるが、手が大き過ぎてカップがまるでままごとの茶器のように見える。

「で？　なんで媚薬なんか欲しいわけ？」

欲しいわけではないが、『悪魔の薬』の情報を聞き出すために、否定はしないことにした。

「実は、好きな男性ができたので……彼を籠絡《ろうらく》したいのです。先ほど『たぬき亭』で、王都ではそういう薬が流行っているという話を聞いたものですから」

少しばかり作り話を交えつつ、王都、という単語で『悪魔の薬』を匂わせた。

するとアーロンは片方の眉を器用に吊り上げて、すぅ、とおもむろに右手をあげたかと思うと、キャサリンの額にゴス、と手刀《しゅとう》を落とした。

「い、痛いじゃないですか！　何をするんです！」

額を両手で押さえながら噛みつけば、アーロンが低い声で「鉄拳制裁」と唸《うな》るように言った。

「アンタはそんなだから二十五にもなって処女なのよ」

「なっ……!?」

「好いた男落とすのに薬を使おうなんて姑息《こそく》なことを考えてる女は、オマタに蜘蛛《くも》の巣張ったまま婆さんになるのがお似合いってことよブス！」

「ブ……!?」

生まれてこの方ブスと言われたことはなかった。下品な罵詈雑言《ばりぞうごん》に、しかし一言の反論もできずに涙目になっていれば、カラン、とドアベルが鳴った。

「お、なんだ、来てたのか。キャス」

のんびりとした声で入って来たのは、旅姿のラスだった。アーロンの依頼で王都に行った帰りなのだろう。数日間の馬での旅で埃っぽく薄汚れたナリであったものの、美丈夫ぶりは相変わらずだ。キャサリンの姿を見つけると、精悍な顔を笑みでゆるませて近づいてきた。

「美女のお出迎えとは嬉しいな」

ドサリ、と重そうな荷物を片手でカウンターの上にのせ、ラスはキャサリンの隣に陣取った。そしてアーロンの怒り顔とキャサリンのふくれっ面に気づくと、面白そうに二人を交互に見る。

「なんだ、喧嘩《けんか》か？」

アーロンに自分にも茶を寄越せと手と顎《あご》で示しながらラスが訊ねる。

「キャスったらアンタに媚薬を盛《も》るって言い出したのよ」

「なっ!?」

とんだ言いがかりに目を白黒させていると、アーロンから茶を受け取ったラスが間髪を容れずにうむりと頷いた。

「その心意気や良し。受けて立とう！」

「い、言ってませんわよ!?　言ってませんし盛りませんから!!」

ブンブンと首を横に振って否定すれば、アーロンがまたしてもゴス、と手刀を落としてきた。

「その程度の覚悟で媚薬が欲しいとか言ってんじゃないわよ、この世間知らずが」

欲しいのではなく、『悪魔の薬』に関する情報が欲しかっただけなのだが、それを口にするわけにもいかずキャサリンはブスッと黙りこくるしかなかった。

そもそも仮に本当に媚薬を欲しがったとして、何故その相手がラスになっているのか。

「盛ってくれないのか。それは残念だ」

くすり、と柔らかな微笑を漏らしてラスが囁き、熱い茶をズッと啜った。

キャサリンはその表情を見て、いつもながら読めない男だなと思う。

ラスは得体のしれない男だ。

その日暮らしの『何でも屋』にしては鍛え抜かれた肉体に、大ぶりだが妙に優雅な所作。ガサツなように見せかけてはいるが、恐らく良いところの出なのだろうなと見当を付けている。

「なんだ、俺に見惚れてるのか？」

じっと観察していたことがバレたのか、ラスがこちらを見て切れ長の目尻を下げ、ニヤリと笑う。

「……その根拠のない自信は一体どこからくるのかしら」

半眼になって辛辣《しんらつ》に切り返しても、当の本人はどこ吹く風だ。

「美女を目の前にすると俄然やる気と自信が湧く性質でね」

さらりとお世辞を交えるお調子者を睨みながらも、キャサリンは内心悪い気はしていない自分に少々驚く。

いわれなき悪評のせいで、キャサリンは男性からの賛美には嫌悪しか湧いたことがない。それなのにラスからのお世辞には、お世辞だと分かっていても妙に心が浮き立ってしまう。

——だから、この男は苦手なのよ。

一緒にいると、妙な心地になってしまう。

惑わされる。調子が狂う。

とうの昔に棄《す》てて埋めたはずの何かを掘り起こしてしまいそうで。

それを誤魔化すように——あるいは振り払うようにして、キャサリンはツンと顎を反らしてお茶を啜る。

すると、そんなキャサリンを面白そうに眺めていたラスが、思い出したように立ち上がり、カウンターの上の荷物の中をゴソゴソと探り出した。

「そうだ、キャスにやるものがあるんだ」

「え」

「ほら」

目を瞬くキャサリンの手にラスがポンとのせたのは、陶器でできた髪留めだった。

つるりとした白磁に青い花模様が描かれている。細やかな絵柄に職人の丁寧な仕事ぶりが窺える、趣味の良いものだった。

突然の贈り物にポカンと口を開けていると、ラスがぶはっと噴き出した。

「美人が台無しだぞ、その顔」

「まっ！　なんですの、もう！」

「つけてみてくれよ、その髪留め。似合うと思ったんだ」

「淑女は殿方の前で髪を結ったりはしませんわ。……でもまぁ、この髪留めはせっかくですし、いただいておきます。どうもありがとうございます」

すまし顔を作れば、ラスが更に笑ってキャサリンの頬を手の甲で撫でた。

硬質な、けれど温かい感触。

唐突なその接触に、キャサリンの呼吸が一瞬止まった。

「すました顔もかわいらしいが、さっきの間抜けた顔も俺は好きだ」

「な……」

室内では薄い茶色に見える目に艶めいた色をのせ、ラスがニヤリと口許を歪める。

冗談だとは分かっていても、キャサリンは対処の術を知らず絶句したまま固まった。

『サキュバス』だの淫婦だの悪しざまに言われながらも、領地の邸に半引き籠もり生活をしているキャサリンは、実のところこういった男女の会話を知らない。

前もって心構えをしていれば対応できるのだが、ラスのそれはいかんせん唐突にやってくる。たまにこういった思わせぶりなことをして、更に堂に入っているから質《たち》が悪い。

動揺して固まるキャサリンを救ったのは、意外なことにアーロンだった。こちらを覗き込むように顔を近づけていたラスの顔前に、ぬっと大きな片手を差し込むと、バシンと顔面に平手を打ち付けた。

「ハイハイここでイチャつくんじゃないわよバカップル！」

「アーロンお前……馬に蹴られて死にたいのか」

「うっさいわね、腐れ縁のイチャコラ見せつけられる身にもなってみなさいよこの脳筋！」

どうやら思い切り鼻を殴打されたようで、ラスは両手で顔を覆って唸っており、アーロンの方は虫でも見るかのような目でラスを見下ろしている。

ラスの注意が自分から逸れたことにホッとしつつ、キャサリンは威厳を保とうと背筋を伸ばして訂正した。

「ラスはバカかもしれませんが私は断じて違いますし、カップルじゃありません」

キャサリンの反論にアーロンがうんざりした目をして一喝する。

「お黙り、ブス！」

——またもやブスと言われた！

目を見開いて再び固まるキャサリンに、ラスが堪え切れないといったように笑い出す。

それを見て何故かキャサリンもおかしさが込み上げてきて、ブフッと淑女にあるまじく噴き出したのをきっかけに声を上げて笑った。

「罵《ののし》られて喜ぶなんて、アンタたちまったくもってヘンタイね！」

アーロンが呆れたように呟く中、キャサリンとラスはまた弾けるように笑ったのだった。

＊＊＊

キャサリンが店を出たのは夕方に差しかかった頃だった。

門限でもあるのか、彼女は訪れるのは突然でも、いつも夕方前にはきっちり帰っていく。

お忍びだからだろう、少し古ぼけた印象のデイドレスに身を包んでもなお魅惑的だと分かるその肢体が、薬屋のドアの向こう側に消えて充分な時間を置いてから、ラスはカウンターの中にいる男に声をかけた。

「――――で？」

飲み終わった茶器を片付けていたアーロンは、太く凛々しい眉を器用に片方だけ上げてみせた。

「で、とは？」

先ほどまでのなよなよしい言葉の響きは消え、キビキビとした硬い口調に変わっていた。無論そうだろう。アーロンの女口調は生来のものではなく、相手の警戒心を解くための技のひとつだ。

「とぼけるな。彼女は――ハントリー女侯爵はここに何をしに来ていたんだ」

部下が小さく息をはく仕草に、ラスはわずかに眉根を寄せた。

「いつも通りの雑談――と見せかけての情報収集でしょう。今回は『媚薬』について聞きたがっていたようです」

ラスは口許を歪めた。

確かにそんなことを言っていた。『媚薬』を自分に盛ろうとしている、などと冗談交じりに言っていたが、あれはアーロンがその話題を彼女から引き出そうとして言ったものだろうことは想像がついた。残念ながら、もくろみは達成されなかったが。

「媚薬――ではやはりハントリー侯爵は『悪魔の薬』を……？」

さて、と顎を撫でながら、ラスは長い脚を組み替えた。

彼らがハントリー女侯爵――キャサリン・ローレンシア・ゴードンと知り合ったのは厳密に言えば偶然ではなかった。

というのも、ラスとアーロンは彼女と接触を図るためにこのハントリー領へやって来たのだから。

だがまさか領主自ら供も付けずに領地をフラフラしているとは思わなかった。

花街界隈でその姿を見かけた時には目を疑ったものだ。

確かに彼女だろうと見当をつけられたのは、ラスがずいぶん昔に一度だけ彼女を見たことがあったからだ。

キャサリン・ローレンシア・ゴードンは、十五歳で六十歳年上のハントリー侯爵と、明らかに金目当ての結婚をしたことでまず有名となった。

そして初夜の床でハントリー侯爵が心臓発作で亡くなったことが更に話題を呼び、社交界では男の精気を吸い取って死に至らしめるという魔物にちなみ、『サキュバス侯爵』という異名を付けられた。

彼女の父親がロクデナシの代名詞と言われるドネガル子爵であったことも、噂が広まった一因だろう。彼はハントリー侯爵の喪中も、娘の慰問と称して侯爵邸に娼婦を呼んで酒盛りをしたりと、なにかと世間を騒がせていた。

それに耐えきれなかったのか、夫の喪《も》が明け社交界に数度出入りした後、彼女は王都を後にして領地に引き篭もった。以来彼女が姿を見せるのは公的な場か、ごく限られた社交の場だけである。社交界を嫌っているのは有名で、他の貴族ともほとんど交流を持たないという。

彼女を探る必要があったラスは、とりあえずハントリー侯爵領の実態を探ろうと腹心アーロンを連れて少し前より潜入していた。

ハントリー侯爵領が抱えるノースポートはこの国有数の貿易港だ。自分たちが探しているものは、そこから出てくる可能性が高いとラスは睨んでいた。

だからこそ調査に乗り出したというわけなのだが、腹心の部下であるアーロンの反応にラスは眉を上げることになった。

「それについては、まだ可能性の域を出ていないかと」

「何故だ？」

「考えてもみてください。ハントリー女侯爵が『悪魔の薬』の関係者であったなら、何故我々からその情報を聞き出す必要があるんです？」

「……確かにな」

部下の指摘に、ラスは顎を擦った。自領であるハントリー内でその情報を得ようとしているのなら、領主として正しく治安維持に努めようとする姿であると言える。

だが、物事を多角的に見る癖がついているラスは、真正面からではない捉え方をあえて考える。

「だが、こちらの出方を窺っていただけかもしれない。我々が少しでも興味を示せば、上手い言葉で言いくるめ『悪魔の薬』の売人として使うつもりだった、とかな」

ラスの言葉に、アーロンが太い金色の眉を八の字に下げる。

「穿《うが》ちすぎじゃありませんか？」

「それが俺たちの仕事だろう」

さらりと告げた一言に、アーロンがグッと口を噤んだ。

部下のその表情に、ラスは小さく溜息をつく。

アーロンの言いたいことは分からないでもない。

彼女は黒幕にしてはあまりにも無防備過ぎるからだ。

キャサリンは、異名に違わず艶めかしい美女だ。初めてその姿を見たのは彼女が引き篭もりになる前だったが、十代のあの頃でさえ目を瞠《みは》るような美貌と妖艶さに息を呑んだものだ。

輝く金の巻き毛、鮮やかな空色の瞳、クリームのような白磁の肌、当代一の美姫と称えられた母親そっくりの美貌。なるほど、あれが噂の『サキュバス』かと納得したものだ。

だが彼女と話をするうちに、見かけとは裏腹に、ずいぶんと初心《うぶ》なのだと分かってきた。

ラスは彼女から情報を引き出すためにさりげなく色仕掛けをしてみたりしているのだが、どうにも食いつきが悪い。食いつきが悪いというよりは、驚くほど鈍いのだ。贈り物をしても肌や髪に触れてみても、動揺は見せるもののセクシャルな雰囲気には決してならない。

それはこちらを警戒しているからではなく、警戒されていないからこそだ。

つまり、キャサリンはラスをそういう対象として見ていない。

それが無意識であるのならまだいい。だが彼女は明らかに『意図的に』ラスを男として見ていないのだ。

そういう反応をしてみせる者たちを知っている。

聖職者だ。

神にその身を捧げている彼らは、恋愛を禁じられている。そういう道を自ら選んだ者はいい。だが世の中には、その道を選ばざるを得なかった者たちもいる。彼らは恋愛をすることに未練を残したまま、その未練に気づかないふりをして生きていくことになる。つまり自分の中の憧れと欲求を無かったことにするのだ。

キャサリンのラスに向ける反応は、彼らのそれと酷似《こくじ》しているのだ。

髪留めをやった時の彼女の表情が目に浮かぶ。

心底驚いたような顔をしていた。同時に、その青い目の奥には隠しきれない喜びが見えていた。

まるで誕生日のプレゼントをもらった子供のようだった。

たいして高価でもない髪留めだ。金細工でもないし宝石がついているわけでもでもない。

だからあんなふうに喜ばれるとは思わなかった。

ラスとしても特別下心があってではなく、単に思いつきで買った品物だった。

露天商であれを見つけた時、脳裏にふとキャサリンの顔が過《よぎ》ったのだ。

蕩けるような白磁の風合いに涼やかな青の絵付け、その配色が彼女を思い出させたのかもしれない。

――『サキュバス』は陶器の髪留めをあんなふうには喜ばない。あんなふうに、子供のように、純粋には。

知らず、グッと拳を握りしめていた。

この気持ちの兆候はあまりよろしくない、とラスは気を引き締め直した。

キャサリン・ローレンシア・ゴードンは噂されているような『サキュバス』では決してない。だが分かっていても、ラスには彼女を全面的に信用するわけにはいかない事情があるのだ。

――疑え。気を緩めるな。

この国において自分がなすべきことは、あの方との『約束』を守ること。

そのためにはあらゆる火種は取り除かなければならない。

いや、『悪魔の薬』は、もう既に火種どころではなくなってしまっている。

動乱を巻き起こしたいレノックス派がその使い道に気づいてしまったのだから。あの阿《あ》呆《ほう》どもは喜々として火種に油を注いでいる。

だがラスたちもただ手をこまねいて見ているわけではない。阿呆の尻尾は摑んでいる。

『悪魔の薬』の取引現場にいた貴族が、薔薇《ばら》の紋章の入った封書を持っていたという情報が入っているのだ。

　この国で紋章に薔薇をいただく貴族は、チェスター伯爵家とハントリー侯爵家の二つだけだ。

「引き続きハントリー女侯爵の動向を探れ。何か怪しい動きがあればすぐに報告をしろ」

　低い声でアーロンの仮説を一蹴《いっしゅう》すれば、アーロンは「は！」と目を伏せて頭を下げた。

　それを目の端で確認しつつ、ラスは立ち上がった。

　その弾みでカウンターの上に置いてあった紙袋がガサリと倒れて床に落ちる。

「あ、すまん」

「あら！　あの子ったら、忘れて行っちゃったわ！」

　ラスが謝ると、何を思い出したのか唐突に女言葉になったアーロンが、大きな体躯を屈めて床に落ちた紙袋を拾った。

『あの子』がキャサリンを指していると気づいたラスは、片眉を上げげた。

「なんだ、それは」

「生姜入りの紅茶。喉に良いから、持って帰らせるつもりだったのよ」

「アーロン、お前な……」

　ラスは片手で額を覆った。言った先からこれか。

　生姜入りの紅茶――どう考えても、喘息持ちのキャサリンのために仕入れたのだろう。

　元来女性には辛口であるはずのこの男が、こんなにも彼女に肩入れしてしまっている。

　半分呆れながらも、真に遺憾《いかん》ながら、ラス自身、彼を強く非難できない程度には、キャサリンを気に入ってしまっている自覚があった。

「貸せ。今から追いかければ間に合うだろう」

そう言ってゴツイ手から紙袋を奪うと、『人のことは言えないだろう』と思っているだろう彼の目から逃れるようにして薬屋の扉を飛び出した。


キャサリンの小さな後ろ姿を見つけたのは、乗合馬車の停留所がある通りだった。

ノースポートのメインストリートであり、人や露店商などで賑わいを見せるここで、一人の女性を見つけ出すのはなかなか至難であるはずだが、それでもラスの目は吸い寄せられるようにキャサリンの姿を捉えた。

それが何故なのかと深く考えてはいけない、とラスは眉間に皺を寄せた。

自分には必要のないものだ。

――未練など、今更つくってはならない。

心に掠めた何かを振り払い、全ては邪念で雑念だと、その美しい金色の髪を目指して歩みを進めた。

だが、その歩みは途中で止まってしまう。

キャサリンは、装飾品などの小物を売っている露店に立ち寄っているところだった。

彼女は売り物を見ているのではなかった。

その店に置かれた鏡の前で、こっそりと髪留めをつけてみていたのだ。

白磁に青い花模様――ラスのあげた、あの髪留めだ。

懸命に鏡を覗き込み、苦心してようやく満足のいくように髪留めを飾れたのか、キャサリンはふんわりと頬を染めて微笑んだ。

鏡越しに見たその微笑に、ラスは息を呑んだ。

時間が止まったかと思った。

呼吸ごと、鼓動ごと全部、持って行かれた気がした。

――ちくしょう。

思わず呻《うめ》き声が漏れそうになって、ラスは歯を食いしばる。

――なんだって、こんな時に。

ようやく本懐を遂げられる、この時になって。

目的と想いとで、自分が二つに分かれる瞬間を、男は眩暈《めまい》を感じながら自覚した。

あれほど部下に釘を刺していながら、自分はよりによって――。

「どうしたもんかな……」

自嘲しながら、ラスはその場に立ち尽くした。

情けないことに、キャサリンが立ち去るまでそれ以上一歩も、彼女に近づく勇気がなかったのだった。

2章　触れ合う

ベッドの上で書簡に封蝋《ふうろう》を捺《お》していると、ノックの音がした。

サイドテーブルを使って身を捩るようにして作業をしていたキャサリンは、伸びをしながら入室の許可を出す。

「どうぞ」

入って来たのは予想通りエマだった。このハントリー侯爵邸のお仕着せである紺色のメイド服をカッチリと着こなし、まっすぐに背筋を伸ばしてドアの前で美しい一礼をする。

「失礼いたします、キャサリン様」

「エマ。お茶を持って来てくれたの？」

エマはワゴンを押していた。その上には湯気の立ったティーポット、そして数種類の焼き菓子がのっている。

「はい。少しお腹にものを入れた方が良いかと思いまして。少しは食欲が湧きましたか？」

エマは相変わらずの無表情だったが、その声色はこちらを気遣うような優しいもので、キャサリンはふふ、と笑みを漏らした。

滅多に感情を見せないエマが、その片鱗を見せるのはキャサリンに対してのみだ。それがとても嬉しいのだ。

「ええ、もう大丈夫。ちょうど何か甘いものでも食べたいなと思ってたところよ」

そう言って薔薇の家紋の入った印璽《いんじ》をサイドテーブルに置いた。封書の上で固まりかけた赤い蜜蝋にそっと触れると、まだ少し温かく滑らかでボコボコした感触がする。

ハントリー侯爵家の家紋は薔薇をかたどったもので、キャサリンはこの模様が気に入っていた。花弁を幾何学《きかがく》模様風にしたそれはとても美しく、キャサリンはいつも赤い蜜蝋を使うことにしている。青や緑よりも赤の方が薔薇らしいからだ。書類仕事は好きではないが、封蝋の作業はこの家紋のおかげで楽しいと思う。

そんなキャサリンの様子に、エマはわずかだが表情を緩めた。

「それはようございました。久し振りの発作でしたから、心配いたしました」

心底安堵したように言うエマに、キャサリンはちくりと罪悪感に苛まれた。

心の中で、ごめんなさい、と手を合わせる。

エマの留守を狙って領地のお忍び視察に行ったあの日、キャサリンは疲労から早々にベッドに潜り込んだ。

夜に帰ってきたエマが、キャサリンがベッドにいることを知ると、いつもの発作予防の薬湯を作ってくれたのだが、その甲斐なくエマの予想通り発作を起こしてしまったのだ。

久々であったため、そして日中の疲れもあって、今回の発作はひどかった。喘息の発作は体力を消耗する。エマが作ってくれた発作止めの苦い薬でなんとか治まったが、その後数日キャサリンはベッドの住人と化したのだ。

それでも昨日あたりからはだいぶ良くなっていたので、ベッドから出たかったのだが、過保護なエマがそれを赦してくれなかった。

だから、仕方なくできることだけでもと、書類仕事をしていたのだ。

「ごめんなさいね、心配ばかりかけて。今回もエマの薬のおかげで助かったわ」

「とんでもございません」

熱い紅茶を差し出しながらエマが答える。紅茶はまたもカリン入りだった。

その香りをすぅっと吸い込みながら、普通に呼吸できるありがたみをしみじみと噛み締める。

「いい匂い」

うっとりとそう呟いた時、エマが言った。

「また湯治に行きませんか、キャサリン様」

「えっ！」

湯治、と聞いてキャサリンはパッとエマを振り返った。

その言葉を耳にするだけで胸が高鳴る。

湯治。温泉だ。腰痛や皮膚病、肩凝り、頭痛といった諸症状の緩和に、温泉に浸かるという療法がある。

キャサリンが初めて湯治を経験したのは数年前、それもやはりエマの勧めだった。

最初は野外で裸になって湯に浸かるなんて、と尻込みをしたが、実際に湯に浸かってみた瞬間、その魅力にとりつかれた。

身体が弱いせいでこれまであまり外出をしてこなかったキャサリンにとって、まず大自然の中というのが素晴らしかった。

この国の温泉の多くは山間部にあり、キャサリンが初めて行った温泉も山の中にあった。ちょうど秋の深まった時期で、周囲の落葉樹が赤や黄色に色づいており、まるで物語にある妖精の国のようだと思ったものだ。その繊細かつ雄大な自然の美の中で、全裸で湯の中に入るという背徳行為に、しかしキャサリンは解放感を得てしまったのだ。

そして何より、あの温かい湯に浸かった時の快感。

人間は母の胎《はら》の中では羊水《ようすい》に浸かっているのだと聞いたが、温泉はきっとそれに近いものがあるのだろうと思う。

血が全身に通う感覚は、このポンコツな身体でも『生きているのだ』という満足感を与えてくれた。

――温泉、最高。

初体験以来、キャサリンは温泉の虜である。

領主としての仕事があるため、そう頻回に赴《おもむ》くことはできないものの、仕事を調整しつつ、キャサリンの体調を見ながら、エマは一年に数度湯治を勧めてくれるのだ。

「い、いいの？　仕事は大丈夫かしら？」

嬉しさを隠し切れずソワソワとしながらそう訊けば、エマが小さく首を傾げた。

「本当に、温泉がお気に入りでいらっしゃいますね」

「ええ、勿論！　大好きよ！」

「ちょうど貿易風も止む頃合いですから、仕事の方も調整可能です。この先の繁忙期を考えましたら、今のうちに湯治でお身体の調子を整えておかれるのがよろしいかと」

キャサリンは嬉しさのあまり書類が散らばるのも構わず、ガバリとエマの細い腰に抱きついた。

「嬉しいわ、エマ。ありがとう！」

「……紅茶が零れたらどうなさるんですか」

はぁ、と頭上に降ってくる溜息にも、キャサリンはめげなかった。パッと顔を上げれば、エマが形の良い眉をわずかに顰めて、呆れたようにこちらを見下ろしていた。

「そんなに温泉がお好きですか」

「ふふ、そうね、大好き。でもね、エマ。私は確かに温泉も好きだけれど、あなたのことはもっと大好きよ」

感謝を込めてそう言えば、エマが軽く目を見開いて、それからゆっくりと微笑んだ。

——ああ、エマが笑った。

ほとんど表情を崩すことのないエマが、キャサリンにだけ見せる笑顔。

まだ幼い頃から運命を共にしてきたキャサリンとエマは、主従でありながら、友であり、家族だった。少なくともキャサリンにとって、厄介の種でしかないあの肉親よりも、エマは大切な存在だ。

そして何より、キャサリンが侯爵としての地位を確かなものにできたのは、ひとえにエマのおかげと言っていい。

エマの明晰な頭脳がなければ、キャサリンは自領を上手く治めることなどできなかっただろう。

エマは、いわゆる天才と呼ばれる類の人間だ。

この小さな頭の中に一度入った知識は二度と消えることはない。更にその膨大な知識を駆使して現状を分析することが得意だった。

エマはハントリーという領地のこと、領民のこと、貿易のこと、経済のこと、政治のこと、商売のこと——あらゆる知識を詰め込み理解すると、それをキャサリンに教え込んでいった。

そして何が最善の方法かを共に考え、実行してきたのだ。

エマのこの頭脳がなければ、キャサリンは一年も経たないうちにハントリーを潰していただろう。

――本当なら、エマはこんなところにいるべきじゃない。

エマの類まれな才能を目の当たりにするたび、キャサリンは心の中でそう思う。

こんなところ――醜聞に塗れた身体の弱いキャサリンでは、国政の表舞台に立つことも、社交界で華々しく活躍することもできない。

エマほどの美貌と頭脳があれば、女性であったとしても、コネや情報、金を駆使して社交界で活躍できるだろう。それどころか、権力者の愛人の座に納まればこの国の政治を牛耳ることだってきっと不可能ではない。

この国の長い歴史の中には、そういう女傑《じょけつ》が存在した事実があるのだ。中には傾国の美女と言われる類の人もいたが、国を良い方向へ導いた賢妃もいる。

エマならきっと後者になるだろう。

「ええ、キャサリン様。わたくしもあなたが大好きです」

普段は鋭い翡翠の眼差しを緩めて、エマが囁く。

自分だけに与えられる笑顔に、キャサリンは満足して頷いた。こうして互いが特別だという確認を、これまで何度しただろう。ちょっとした儀式のようにもなっている。

それを子供のままごとのようだと思わないこともない。だが傍にある温もりを確かめる行為をやめようと思わないのは、キャサリンにとってもう家族だと思えるのはエマだけだからだろう。

母は既に亡《な》く、父には十五歳で売られた。

心を寄せた乳母は、父の愛人だった。

夫となった者は初夜で亡くなり、そのせいで社交界で悪評を立てられた。

この先キャサリンが結婚できる見込みはほぼないだろう。つまりは子供も持てない。もう血の繋がった家族は持てないのだ。

この世にたった一人という孤独は、エマがいてくれるから感じずに済んでいる。

身体の弱いキャサリンを救い、運命を共にしてくれたエマが傍にいてくれるから。

キャサリンは腕の中の温もりに安堵し、笑みを浮かべてゆっくりと目を閉じた。

心の奥深くにある罪悪感にはそっと蓋をしたまま——。

＊＊＊

いくつかある隠れ家の内のひとつに帰宅した瞬間、あるはずのない人の気配に、ラスは無言のまま懐《ふところ》の短剣に手をのばした。

ここは住宅街にある民家で、もし戦闘になったら周囲の住民を巻き込みかねない。できればこの家の中だけで済ませたい。気配から察するに、敵の数は多くはないだろう。

——一人……か？

感覚を研ぎ澄ませながら、ドアの脇の壁に背を張りつけ、慎重にドアを開けば、中から呑気な声がかかった。

「やあ、お邪魔してますよ、ラス」

あまりに危機感のない声に、一気に脱力したラスは、ガックリと肩を落として部屋に入った。

「フィル、お前な、来るなら来ると言っとけよ。下手したら怪我をさせてたかもしれないぞ」

小さなこの家で居間と呼べる部屋の中、粗末な椅子に長い脚を組んで座る黒髪の男は、柔らかな印象の美貌を綻ばせてゆっくりと首を傾げた。

「下手するような男なら、私は不意を衝いて訪ねたりしませんよ」

「不意を衝いたのは意図的なのかよ」

はっはっは、と大口を開けて笑っても優雅なその男は、旅装を解きながら向かいの椅子に腰掛けるラスをしげしげと眺めた。

「あなたが王都のこの隠れ家に今日戻るかどうかも賭けのようなものでしたからね。不意打ちになっても仕方ないでしょう。それにしても、お久し振りですね」

「ああ。お前も元気そうで何よりだよ。どうだ、あの子は元気か？」

ラスが伸びた無精髭《ぶしょうひげ》を掌で擦りながら訊ねれば、フィルと呼ばれた男はクスリと笑った。

「腰をおろした途端にあの子の話題ですか。あなたも相変わらずですねぇ」

やれやれと言わんばかりの表情に、ラスがきょとんと目を丸くする。

「なんだよ。他に話すことなんかあるか？」

「久し振りに会った戦友に言う台詞ですか、まったく。とりあえずあなた家主なんだから、お客にお茶くらい出したらどうですか。私は喉が渇いているんです」

「家主の許可なく勝手に家に侵入していた奴を普通客とは言わない」

「いいから、お茶を、出して、ください」

にっこりと笑顔で、だが問答無用とばかりに一言一言を区切りながら命じられ、ラスは理不尽さを感じながらもしぶしぶ茶を淹れるために湯を沸かした。

棚に入れてあった茶筒の中身がいつのものかは分からなかったが、黴《かび》がはえていたり腐っていたりしていなかったので、まぁ大丈夫だろうと使用することにした。

「ほれ」

取っ手のない大き目のカップに注いだ熱い茶を差し出せば、フィルは匂いを嗅いで露骨に嫌そうな顔をした。

「これ、いつの茶葉ですか？」

どうやら所望してみたものの、ラスがまともに茶を淹れる、ないし保管しているはずがないことに思い至ったらしい。

ラスは片眉を上げてフンと鼻を鳴らす。

「知るか」

フィルはきれいな顔を凍り付かせて茶をまじまじと眺めたが、しかし自分から淹れさせておいて飲まない選択肢はなかったのだろう。表情を改めて、えいやっとばかりに茶を啜った。律儀な男である。

「それで？　どうなんだ？」

茶を飲み込んだのを確認してから再度問いかければ、フィルはことりと音を立ててカップをテーブルに置いた。

「あの子は元気ですよ。よく学び、その学びを実行に移そうと毎日必死です。よくやっていると思います」

「そうか」

「ですが、不穏な出来事がいくつか」

「……レノックス派か」

頷く戦友に、ラスは眉間に皺を寄せて溜息をついた。

レノックス派。忌々しい連中だ。何が本当に国のためになるのかを理解しようとしていない。

あれらは国を憂いているのではない。ただ難癖をつけて気に入らない者を攻撃しているだけだ。

ラスはテーブルの上に置いた手をぐっと握る。

「もう少しの辛抱だ。俺は必ず、あの方との約束を守る」

護ると約束したのだ。あの子を。この国を。

一度交わした約束を違えることは絶対にしない。

「レノックス派の徹底排除だ。レノックス公爵もろとも、殲滅《せんめつ》してやる。この俺の命と引き換えにしてでもな」

唸るように言ってニタリと口を歪ませたラスに、今度はフィルが眉根を寄せた。

「ラス。前から言っていますが、何もあなたが犠牲になる必要はないのです。抜け道はいくらでもあるし、用意できます」

ラスは目を上げて向かいに座る戦友を見た。

真剣な顔でこちらを見つめている。

ラスは眼差しを緩めて笑ってみせた。

「だが、それが一番効率的な方法だ」

そうだろう？　と目で訴えれば、フィルが悔しそうに顔を歪めて目を伏せた。

真面目で、優しい男だ。この誠実さを信じられたから、あの子を任せることができた。

きっと自分亡き後も、護り抜いてくれるだろう。

死ぬのは怖くない。死ぬ思いなら、これまでに戦場でいくらでもしてきた。

国のために死ねるなら、それこそ本望だ。

「心配するな、フィル。もしも抜け道が必要だと思う時がきたら、その時は必ず頼むさ」

自分のこの未来を憂いて心を痛める友に、気休めにでもなればと声をかける。

するとフィルはパッと顔を上げて、力強く首肯《しゅこう》した。

「すでにいくつか用意してあります。その時がきたら、いつでも動けます。だから、必ず言ってください」

取り縋らんばかりの勢いに、ラスは苦笑を漏らす。

抜け道——自分が死ななくてもいい道のことだ。


『あの子を護り、導いてくれ。どうか、この国に、安寧《あんねい》を』


今でもまざまざと思い出せる。あの方との最期の約束。

切れ切れな、か細い声。伸ばされた手。握り返せばまだ温かく、けれどどうしようもなく弱々しかった。咽び泣きながら、何度も頷いた。あなたとの約束は、必ず守るから、と。

その約束を果たした後に、自分が生きたいと思える理由。

未来に目を凝らしてみても、今のラスには何も見えない。

共に同じ道を行こうと誓ったあの方が死んだ時、ラスの中の生きる目的は一度消えた。

あの方がいたから自分も輝いていられたのだと、そう気づかされた。

だからこの約束が、今ラスを動かす唯一のものだ。

それなのに——

脳裏を過ったのは空色の大きな瞳だった。

猫のように警戒しながらも、こちらをそっと窺う天邪鬼《あまのじゃく》な娘。

——落ちてしまったのだろうか、あの瞳に。

自問するラスは、己の先を未だ見定められずにいる。

フィルはその後、ラスの淹れた茶を飲み切ると腰を上げた。

久し振りの邂逅だというのに、ほんのいっときの滞在だった。しかしこの男が多忙であることはラスとて分かっているので、引き留めはしなかった。

それでもフィルが供も付けずに一人でここまでやって来ていたことを知ると、さすがに苦言を呈さずにはいられなかった。

「お前、そんないかにも高貴な身分でございますって顔して、のこのこと」

「ふふふ、それはどうも」

「褒めてねぇ」

ラスが渋面を作れば、フィルはニヤリと笑ってみせた。

「ご安心を。腕は鈍っていませんよ。咄嗟の襲撃で犯人を殺さず捕らえるのは無理でも、殺される前に殺す程度には」

そう言いながらにっこりと微笑むこの優男が、実はこの国随一とも称えられた剣の使い手であることは、ラスにとって忘れられない記憶のひとつだ。かつて同じ戦場で戦った友なのだから。

実戦の場を離れて久しいとはいえ、フィルが本気でかかればその辺のゴロツキなど相手にもならないだろう。

「では、また」

「ああ」

それだけの挨拶を交わし、戦友は去って行った。

フィルが帰った後、ほどなくして再びラスの家の扉を叩く者があった。

熊のような体軀を屈めるようにして入って来たのは、ラスよりも先に王都入りをして情報収集をしていたアーロンだった。

「『堕天使ヨハネ』が薔薇の貴族と接触する予定、との情報が入りました」

書類に目を通していたラスは、その言葉に初めて顔を上げ、部下を見遣る。

アーロンは外套を脱ぎながらこちらへ足早に寄ってきた。いつの間にか雨が降っていたようで、短い金の髪から雫が滴った。

「なんだと？　どこでだ」

眦《まなじり》を吊り上げて先を促せば、アーロンが頷く。

「ネルヴァアです。あくまで売人同士の噂程度のもので、定かではありませんが」

ラスは憮然《ぶぜん》と溜息をつく。

「だがその噂程度の情報も、ようやく摑んだものだ」

「その通りです」

神妙に首肯する部下に、ラスは唸り声で続けた。

「しかし、ネルヴァアだと？」

ネルヴァは温泉保養地だ。山に囲まれた完全な内陸で、海に繋がるルートは皆無だ。

――何故、そんな場所で？

『悪魔の薬』は水薬だ。

生産国がその製造レシピを極秘にしているため、成分も配合も知られておらず、手に入れられるのは完成品である液体だけ。

運ぶのにも手間がかかり、保管にも場所を取るという厄介な代物だ。

だから取引も港付近で行われると踏んでいた。

当然ながら、これまでの調査もグランドポートやノースポートといった、大きな港を中心に進めてきたのだ。

だが未だ取引現場は見つからず、必ずあるだろうと踏んでいた水薬の保管場所も見当たらない。

現在分かっているのは、王都の花街界隈で横行していること。

売人として買い手と直接コンタクトを取っているのは事情を知らない三下ばかりで、自らも『悪魔の薬』に手を染めている者が多いということ。

三下売人たちの間で、『悪魔の薬』を掌握している人物が『堕天使ヨハネ』と呼ばれているということ。

そしてここ数か月の間に、それまで少量ずつだった流通量が一気に膨れ上がり、どうやら媒介者にレノックス派の貴族が関わり始めたということ。

『堕天使ヨハネ』――粘り強い調査の結果、ラスたちがようやく辿り着いた名前である。

そしてレノックス派。

幼い現王を引き摺り下ろし、先の王弟レノックスを祭り上げたい一派。

これまでも難癖をつけて現王派の筆頭である摂政ダグラスに噛みついていることは知っていたが、ダグラスとてばかではない。彼の実直な政治は派手な盛り上がりはないものの、レノックス派に付け入る隙を与えなかった。

隙がなければ、作ればいいというわけだ。

賢王として人気の高かった先王がやり遂げた偉業の中でも、『悪魔の薬』の放逐《ほうちく》はとりわけ評価が高い。

それを現王の治世で再び蔓延させたとなれば、隙どころか、明らかな失政と取られるだろう。

「ばかどもが」

ラスは舌打ちをして吐き捨てる。

なにが王弟レノックスだ。

なにが王座に相応しいだ。

民あっての王だろう。国あっての王だろう。

民を、国を犠牲にしなければ据えられない王にどんな価値があるというのか。

公に禁止され、所持しているだけで縛り首となる麻薬である。恐らく水面下ではもっと多くの民が手を出しているだろう。

レノックス派を公に名乗る貴族は、残念ながら少なくない。

過激な者は少数派だし、下手をすれば反逆者となってしまうのだから、公然と現王の退位を口にする者などはいない。

あくまで水面下で事は行われている。だからこそ厄介なのだ。

調査は、貴族と思しき女と『堕天使ヨハネ』が密会をした王都の宿が分かったところで行き詰まっている。その情報を得たのは密会後のことだったので、ラスたちにできたのは宿の者に話を聞くことくらいだったのだ。

繁盛している宿だったため、宿主も客の一人一人を詳しく覚えてはいなかった。だがその客の見た目が麗しかったようで、宿の娘が詳しく記憶していたのだ。

『ああ、あのきれいなお客さん！　まるで役者さんみたいにスラーッとしてて、所作が上品で！　あとから来たもう一人の女のお客はやたら横柄でむかついたんだけどさ。でもあのきれいな人はすごく親切だったよ。あたしにチップもはずんでくれてね！　そしたら一緒にいたもう一人が、負けたくないって顔で同額のチップを払うから、おっかしくって！　ああ、そういえば小物袋から小銭を出す時に、むかつく方が封書を落としてね。封蝋が……あれは、薔薇の模様かな？　すごくきれいだったのを覚えてるよ』

宿の娘の証言による新たな事実に、ラスたちは驚愕した。

信憑性については正直なんとも言えないが、『堕天使ヨハネ』と、それと手を組むレノックス派の貴族についてほとんど摑めないでいる現状において、この情報は無視できないものだった。

怪しいと目星をつけているレノックス派は数人いる。

そしてレノックス派ではないが、条件に当てはまりそうな貴族も数人。

その中に『サキュバス侯爵』の名も、もともと含まれていた。

王都と同じくらい、麻薬密輸のルートとして考えられる港を有しているからだ。

だが宿の娘の証言によって、ハントリー女侯爵への疑惑は一層強まった。

『悪魔の薬』の取引に関わっている貴族は、どうやら女だということが分かったからだ。

この国では過去に女王が存在したこともあり、女性であっても爵位の継承が認められていて、政治的な権力を持つことができる。

とはいえ、男性優位の社会であることは変わらないため、権力を持つ女貴族の数は多くない。

今現在、力を持つ女貴族の数は、片手で足りるほどだ。

そしてその筆頭であるのが、ハントリー女侯爵キャサリン・ローレンシア・ゴードンだ。

世捨て人のように社交界から身を引き、政界にも無干渉を貫く人物ではあるが、その態度が何かを隠すためのものだったら？

莫大な資金をレノックス派に注いでしまったら？

何より、ハントリー侯爵家の紋章は、薔薇だ。

この国で家紋に薔薇をいただく貴族は二つしかない。

ハントリー侯爵家と、チェスター伯爵家だ。

チェスター伯爵は男性である上に、数年前病に倒れている。健在だったころは、現王派で摂政ダグラスの懐刀《ふところがたな》と呼ばれていた。レノックス派に寝返ったとは考えにくい。

大きな港、女性、そして薔薇の紋章。

キャサリンへの疑惑は確実に増えていく。

だが、とラスは握った拳を顎に当てる。

——彼女は恐らく、関わってはいない。

ラスの知るキャサリンは、そんなことができる人間ではない。

罪のない人を陥れようとする極悪人は、高価でもなんでもない陶器の髪留めをこっそりと髪に飾り、あんなふうに幸せそうに微笑んだりしない。

しかし、それは憶測でしかない。しかもラスの私情によって歪められた憶測である可能性が高いのだ。ラスには責任がある。私情で物事を動かせるほど軽い責任ではない。

こうしている間にも多くの者が罪に手を染めている。

ものの分かった大人だけではない。花街には大人のみならず子供も存在する。道理も理解できない彼らが、金や性のために麻薬の毒に侵されていくと思うとやるせない。

一刻も早くこの件を解決しなければ、レノックス派によって政治は混乱をきたし、下手をすればクーデターを引き起こしかねない。

その前に、なんとしてでも。

＊＊＊

この国の温泉の歴史はかなり古い。

今から二千年近く前に、ネルヴァという東の山岳地帯で天然温泉が発見されたことが起源とされる。聖バルスによって発見されたその温泉は、その湯に浸かれば傷が癒え病が治ったという噂から、国中から患者が押し寄せたという。

これが湯治の始まりとなった。

温泉保養地として栄えたネルヴァには数々の大衆浴場やサウナ、神殿などが建築された。

その後、他国の支配下に入った時期もあり湯治の流行は一時さびれたが、今から百年ほど前、時の王セドリック一世が懐古主義を掲げると湯治文化は復活を遂げた。ネルヴァは王侯貴族の別荘の建ち並ぶ街並みへと変化を遂げ、再び上流階級の保養地となったのだ。

現在ではネルヴァの他にも各地で温泉が発見されているが、数はやはりネルヴァが最も多い。

エマがキャサリンを連れて行くのも、やはりこのネルヴァだった。

その理由は、ネルヴァが他の温泉地に比べてキャサリンの領地ハントリーの近くであることが大きい。キャサリンの軟弱な身体では馬車での長旅に耐えられないからだ。

それでも馬車で一日の道程をようやく終え、ハントリー家の別荘で旅装を解いたキャサリンは、ブーツを脱いだ足を寝椅子に上げてゴロリと横たわった。

「あああ、疲れた……！」

「お疲れ様でした、キャサリン様」

よれよれのキャサリンとは違い、相変わらず背筋をピンと張った姿のままエマが労《ねぎら》った。

「あなたって疲れることはないの？」

思わずそう訊けば、エマはフッと口許を歪めて笑う。

「わたくしはキャサリン様とは違い下町育ちですので、丈夫なのです」

その表情を見て、キャサリンはなんだか居心地が悪くなり眉根を寄せた。

滅多に笑わないエマだが、こんなふうに皮肉めいた自嘲を漏らすことは珍しくない。

キャサリンはそれを笑顔と認めたくないので数に入れないことにしている。まるでエマに『あなたとは違う』と線引きされてしまったように感じてしまうから。

「……育ちの問題じゃなくて、私が軟弱だからってことなのよ」

憮然とそう返せば、エマが困ったように眉を上げた。キャサリンの嫌がることは極力しないエマだが、この癖は直せないのか、あるいは直すつもりがないのか、あまり悪びれた様子がない。

「そうでしょうか」

「そうよ」

強く言い切れば、エマはキャサリンが脱ぎ捨てたブーツを拾いながら、面白がるように言う。

「でしたら、お疲れでしょうし、今日はもうお休みされるのがよろしいかと」

「ちょ、ちょっと待ってちょうだい！」

キャサリンは慌てて上半身を起こした。

この後は近くの浴場へ行く予定になっている。その浴場は他の大浴場に比べてこぢんまりとしているが、貴族向けに時間制で完全貸切もしている。

社交界を忌避しているキャサリンは大浴場で他の貴族と鉢合わせをしたくないので、その貸切風呂を気に入っているのだ。

「何のために朝早くから出てきたと思ってるの！　着いてすぐに温泉に浸かれるようによ！　このまま寝るなんて嫌よ。絶対に入りたいもの！」

エマの持っていたブーツを奪うようにして受け取り、足を突っ込みながらそう捲《まく》し立てれば、エマがやれやれと言わんばかりに溜息をつく。

「了解いたしました。ではそのようになさいませ。わたくしは少々用事がありますのでご一緒できませんが、カミーユがお供しますのでご安心ください」

「あら、あなたはどこに行くの？」

てっきりエマも一緒に行くと思っていたキャサリンは、ブーツの紐を結ぶ手を止めてエマを見上げた。

エマは翡翠の瞳を嬉しそうに輝かせていた。

「キャサリンさまのお薬を調達しに。この辺りは薬屋が多いのですよ。山間部なので、薬草がよく採れるのでしょうね」

そう答えるエマの声が幾分弾んでいる。よく見れば、いつもは陶器のように白い頬がうっすらと桃色に上気していた。

「ああ……薬草、ね」

キャサリンは納得し、それから少し脱力した。

昔世話になった老女の影響で薬草に詳しいエマは、薬づくりが趣味なのだ。うら若き女性の趣味として正しいのかと疑問が湧くが、とにかくエマは夢中のようだ。独学で薬草学を学び、部屋には小難しい専門書が本棚にぎっちりと並んでいる。休日は薬師から情報を引き出すために、薬屋にも出入りしているらしい。今やその腕は専門家が驚くほどだ。

そんなエマは、キャサリンの薬も全て手作りしてくれている。

ありがたいことだと感謝はしているが、薬草の買い付けに行くのに頬を染め嬉しそうにする妙齢の女性というのはいかがなものかと、少々心配になってしまう。

「本当に、あなたは薬草が好きねぇ」

「キャサリン様の温泉好きほどではありませんよ」

キャサリンの余計なお世話は、エマにすかさず切り返された。

お互い、趣味に関しては同じ穴のムジナだったようである。

＊＊＊

「お待ちしておりました、レディ・キャサリン」

古《いにしえ》のままの、けれど美しく修繕された白亜の浴場のフロアにて、壮年の女主人がにこにこと出迎えてくれた。もう何度もここを訪れているキャサリンは上客と見なされているのか、名前と顔をすっかり覚えられているようだ。

「世話になります」

キャサリンはにっこりとそれに応じながら、女主人の太い手から柔らかなリネン類を受け取り、後ろに控えていた侍女のカミーユに渡す。大浴場とは違い、ここではリネンも借りることができるのだ。貸切ということで利用にそれなりの金額を払うがゆえのサービスなのだろうが、なかなかに気が利いていると思う。

「本日はレディのためにアェースタスをご用意いたしました」

女主人がリネンの上にそっと添えたのは小ぶりな藤色のライラックの枝だった。ふわりと匂い立つ芳香に、思わず笑みが漏れた。

「ありがとう。とても素敵ね」

心づくしに笑みを深めて小さく頷くと、女主人は満足げに頷き返した。

「どうぞごゆっくり」

キャサリンは侍女と共に促された奥へと歩を進める。通された奥は四つの通路に別れており、各々の先に完全個室の湯殿がある。四つの湯殿にはそれぞれ名がついている。ベェール、アエースタス、アウトゥムヌム、ヒェムス――それらは古代の言葉で春、夏、秋、冬を指し、湯殿もその季節をイメージして造られている。庭の付いた屋外にあり、その季節に一番見頃の花や木が植えてあるのだ。

あの女主人の趣味だろう。ネルヴァという田舎にありながら、実に女性的で洗練された趣味の良さも、キャサリンがここを気に入っている理由のひとつだ。

やがて受け取った枝と同じライラックが描かれた扉が現れると、侍女がゆっくりとそれを開けた。中には籐でできたソファとテーブルがあり、低いチェストや鏡台もある。テーブルの上には冷やした飲み物の入った水差しとグラスも用意されている。ここは脱衣所になっており、その奥にもうひとつ見える扉の向こうが湯殿になる。

ふわりとした独特の匂いが鼻腔いっぱいに広がり、キャサリンは顔が弛むのを感じた。湯の匂いだ。扉の向こうから湯気が入り込んでいるのだろう。

同時に香るのはライラックで、湯にもライラックの香油が使われているのかもしれない。

キャサリンは逸る気持ちを抑えながらいそいそと中に入り、侍女の手を待たず自らドレスを脱ぎ始める。主人の温泉好きを知る優秀な侍女は何も言わず脱衣を手伝った。

ドレスを脱ぎ、厄介なコルセットを外し、更にシュミーズまでも取り去ると、滑らかなクリームのような肌を惜しげもなく晒してキャサリンは侍女を振り返った。

「もういいわ、カミーユ」

キャサリンは温泉での解放感を愛している。この時間を誰にも邪魔されたくないので、温泉はいつも一人きりで入るのだ。一人で着脱できない衣服を脱いでしまうと、侍女には控室で待っていてもらう。

「では一刻の後にまた参ります」

それも心得ている侍女は微笑んで一礼し、脱衣所を出て行った。

キャサリンはそれを見送りつつ、チェストの上に置いてあったリネンを一枚持って、湯殿への扉を開いた。

途端、濃厚な湯の香りを感じ、湯気が身体にまとわりつく。夏なのでそこまでではないけれど、さすがに全裸での外気は寒さを感じた。

「寒い寒い！」

キャサリンははしゃぐように独り言を言いながら、白亜の大理石でできた湯船に近づいた。広々とした湯船の正面奥には大きなライラックの木が何本も並んでおり、その芳香が辺りに満ちていた。湯船は小さな眼鏡橋で区切られていてそこを潜って向こう側に行くと、その先には大きなマグノリアの木があり、見事な白い花が咲き誇っている。眼鏡橋の手前と向こうとで景色が違う趣向なのだろう。

眼鏡橋の上には色とりどりの夏の花々が植えられていて、乳白色の湯の上に華やかな影を映している。

キャサリンは手桶で湯を身体にかけながら、ほぅ、と溜息をついた。

素晴らしい。

これまで春と秋の湯殿を使ったことはあったが、この夏の湯殿には来たことがなかった。春と秋もそれぞれ素晴らしかったが、夏もまた素晴らしい。

――温泉、最高……！

久々の温泉に幸せを噛み締め、キャサリンはゆっくりと足から湯に浸けていった。

温度はやや温《ぬる》め、白濁色のせいか、なんだかとろりと柔らかい湯の感触に、キャサリンは四肢を伸ばしつつまたもや吐息を零す。ゆるゆると身体を沈めていき、ついに肩まで浸かると、自然と声が漏れ出た。

「ふ、あぁー……！」

温泉に浸かると声が出るのは何故なのか。

そんなことを思いながらぼんやりと湯気の向こうの眼鏡橋を眺めていると、不意に橋の陰で何かが動いた気がした。

「ん？」

獣でも迷い込んだのかしら、と目を凝らせば、確かに見間違いではない影がのそりと動いて、橋の向こう側から姿を現した。

「お？」

「――え」

姿を現した獣はこちらを見て目を丸くし、にこやかに微笑みながら手を上げた。

「キャスじゃないか、偶然だな」

「きゃあああああああああああ!!」

キャサリンは自分の裸を隠すのも忘れ、絶叫した。

全裸の獣は、うさんくさい『何でも屋』だったのだ。

「ラララス!? なななぜあなたがここに!? で、出てお行きなさいッ!!」

なにが『偶然だな』なのか。こんな偶然あってたまるものか。

キャサリンは身体を隠して金切り声を上げながら、黄金《こがね》色に光るラスの逞しい裸の胸板やその他諸々から目を逸らすためにクルリと後ろを向いた。

しかしラスの方はといえば、キャサリンの動揺をまったく気にする様子もなく飄々と答える。

「待て。俺の方が先に入っていたのだが」

「寝ぼけたこと言わないでくださる!? ここは私が貸切にしているはずです! 別の湯殿と間違えたのでは!?」

「そんなはずはない。アエースタスだろう? 今の季節はここが一番見頃だからと言われたんだから」

「なんですって!? あの女主人、『レディのためにアエースタスをご用意いたしました』だなんて調子良く言っておいて!」

せっかく贔屓《ひいき》にしていたというのに、とんだ裏切りだ。

「それにしても、どうしてまたこんな時期にネルヴァなんかにやって来たんだ？」

泡を食っているキャサリンとは裏腹に、ラスは冷静にそんなことを訊いてくる。

だがその声色にはいつもの鷹揚さがなく、どことなく張り詰めた感じがして、キャサリンは内心首を捻った。

確かに雨がよく降るこの時期は、屋外で湯に浸かる湯治はあまり適さない。

「どうしてって、ネルヴァは私の通いつけの湯治場だもの！　ここの湯は喉や肺に良いと言われているし、それに、貿易風が止むこの時期は比較的忙しくないから……」

「……ああ、なるほど。お前は喘息持ちだったな……」

それなら湯治もおかしくないな、と呟きながら、背後でホ、と男が溜息をつくのが分かった。

今の会話の中にそんなに安堵する内容があっただろうか。

ますます首を捻っていると、ラスが漏らした次の台詞に目をカッと見開いた。

「確かにこの宿の常連だと女主人も言っていたしな。お前が、あんなことできるわけが……」

「ちょっと！　女主人も言っていたって、あなた、私がここに来ること、最初から知ってたのではないの!?」

キャサリンのことを女主人に探っていたのだろうか。聞き捨てならない内容に怒りを煽られ、反射的にラスの方を振り向いてしまったキャサリンは、再び絹を裂いたような悲鳴をあげることになった。

「キャ――――!!」

いつの間にかキャサリンのすぐ背後までやって来ていたラスは、当然ながら起立したまだ。対して裸を隠そうと白い湯船の中に身を隠しているキャサリン。ちょうど位置的に、その眼前には天を突く勢いで隆々と反り返った男根があったのだった。

「失敬な」

「失敬なのはあなたの方でしょう！」

半ば錯乱しつつ、キャサリンが指差したのは今最も彼女の意識が向いてしまっているもの――ラスの臨戦態勢のそれである。自分の失態に気がついて指を引っ込めたものの、目の前の男は実に清々しい笑顔で言った。

「ありがとう」

「褒めてません!!」

キャサリンは処女とはいえ、男性器を見るのは初めてではない。初夜で亡くなった夫のものを見ているからだ。夫は全裸で下卑た笑みを漏らしながら新妻を強引に奪おうと襲いかかって来たのだが、興奮し過ぎたせいかその手がキャサリンのナイトドレスに触れた瞬間、心の臓の発作を起こして倒れたのだ。

あの時に見た男性器もおぞましいと感じたが、今ほどの恐怖はなかった。目の前にあるものは亡き夫のものよりも格段に太く長い。赤黒い皮膚に浮き出た血管がまた凶悪に見える。

慄くキャサリンとは裏腹に、ラスの方はまったくと言っていいほど恥じらいはなく、惜しげもなくその裸体を晒している。無駄のない筋肉美を見せつけているかのようだ。

「目の前に非常に俺好みの裸の女性がいるのだから、むしろ自然現象だろう」

「ちょっと何を悠長に言ってらっしゃるの！　とにかく出て行って……って、こ、好みですって!?」

またもやラスの冷やかしだと分かったが、予期せぬ事態に動転していたキャサリンはいつもの淑女然とした素っ気ない顔を作ることができなかった。

顔を真っ赤にして目を泳がせているキャサリンが珍しかったのか、ラスは嬉しそうに目を輝かせて身を屈めてきた。男らしく端整な顔が至近距離まで近づき、キャサリンは更に狼狽して身を仰け反らせる。

バシャ、と湯の跳ねる音がして、背中に大理石の滑らかな感触が当たった。

湯船の際まで追い詰められてしまったようだ。

意地悪そうな笑みを浮かべたラスが長い腕を伸ばして湯船の淵に手をつき、キャサリンの華奢な身をその身体で囲い込む。

ヒク、とキャサリンの喉が鳴った。

「とても。いや、これはもはや運命だ」

耳元で低く囁かれ、温かい湯の中にいるのに背筋にざわりとした震えが走った。

「う、運命ってまたばかなこと……ひぃっ」

するり、と脇腹を撫でる何かの感触に、キャサリンは情けない悲鳴を上げた。咄嗟にガッシと摑み上げれば、案の定ラスの左手だった。

「ど、どこ、を、触って……!?」

怒りと恥ずかしさで憤死しそうだ。

「触られるのが嫌ならそっちが触ればいいだろう」

喚き散らすキャサリンの顎を右手で摑んでその頬にちゅ、ちゅ、とキスを落としながらラスが言った。キャサリンに摑まれていた左手をあっさりと返すように捻り外すと、今度は逆にキャサリンの手首を易々と摑んで引っ張った。

「ひっ！　や、やめてください！」

手に触れたのは、熱く硬いもの。

湯の中で導かれた場所がラスの一物のあるところだと気づいたキャサリンは、自分が触らされているのが何なのかを理解した途端、頭から蒸気が噴き出すかと思った。

振り解こうとするのに、ラスの手は岩かと思うほどビクともしない。硬いそれを握らされたまま、キャサリンは半泣きになりながら罵倒した。

すると、そんなキャサリンをしげしげと眺めていたラスは、困ったような、それでいて喜んでいるかのような不思議な顔をした。

「……本当に初心なんだな」

「な、なによ、ばかにしているの!?」

恥ずかしさと勝ち気さとがないまぜになった、自分でもよく分からない気持ちが込み上げた。カッとなって食ってかかったキャサリンに、ラスは蕩けるように破顔した。

「なっ」

その笑顔のあまりの色気に、キャサリンは更にぶつけてやろうとしていた文句を呑み込んでしまった。

カァアっと血の気が顔に集まるのが分かり、ラスの顔から視線を逸らす。

――な、なんて顔で笑うのよ！

これまで男性に『色っぽい』だなんて感じたことは一度もなかったが、ラスの先ほどの笑顔はまさに『色っぽい』という表現以外思いつかない。艶めいていて熱した蜂蜜のように甘ったるい顔。それでいてどうしようもなく男臭くて、キャサリンは急に胸がきゅんと痛むのを感じた。

初めて経験する類の痛みだ。そう思った瞬間、ギクリと肝が冷えた。

亡き夫も、胸が痛いと言って発作を起こして死んだのだ。

まさか夫と同じ病にでもかかってしまったのだろうか。

「ど、どうしましょう！　胸が痛いわ……！」

「ん？」

眉尻を下げたキャサリンに、ラスが少し気遣わしげに小首を傾げた。

「胸が痛い？　どんなふうに？」

「あなたが笑った時、ここがきゅんとなって……今はなんだかドキドキとすごく速く拍動しているの……！　どうしましょう、亡き夫も死んだ時、胸が痛いって倒れたの。もしかしたら私も……」

切羽詰まって説明しているというのに、ラスはこともあろうかブハ、と噴き出してキャサリンの首に顔を押し当ててきた。筋肉の盛り上がった大きな肩が小刻みに震えていて、笑いを堪えているのが丸わかりだ。

「無礼者！　人が真剣に困っているというのに、笑うなんて失礼だわ！」

「アッハ！」

キャサリンが文句を言えば、ラスはもうたまらないとばかりにとうとう哄笑《こうしょう》し始めた。

野太く良く通る声で思い切りアハハと笑う男を、キャサリンは腹立ちを感じつつも、何故かとても爽快な気持ちで眺めた。

気持ちのいい笑い声だ。そして――

すごくきれいだわ。

もともと端整な顔をした男だとは思っていた。

だがそれは彼の容姿への客観的な感想でしかなく、今のようにキャサリンの内側に訴えかける熱を伴った感情ではなかった。

今確かに、ラスの笑顔はキャサリンの内側の何かに響いている。

ではその何かとは何なのか――そう自問した時、強い力で大きな腕の中に引き寄せられ、抱き締められた。

「きゃあ！」

「ああもう、本当に。キャス、お前、俺をどうしようっていうんだ」

「なななな」

それはこっちの台詞だと言いたい。

だが逞しい男性の裸の胸板に密着させられ、キャサリンはもう言葉にもならない。

「ああ、かわいい。本当にかわいい。くそ、こんな予定ではなかったんだがな」

「よよよよ予定って……！」

苦り切ったようにラスが呟いたが、それこそまったくもってこちらの台詞だ。

こんな予定ではなかった。今日は長旅の疲れを温泉で癒やしてほっこりまったり過ごす予定だったのだ。それなのに何故、全裸のラスと全裸で抱き合ってしまっているのか。

「もっとじっくり口説くつもりだった。こんなふうになし崩しに触れるのではなく、全部を委ねられてから」

「ゆ、委ね……？」

「俺を信じろ、キャサリン」

キャサリンは目を瞬いた。

委ねろ？　信じろ？

——そんなの、できるわけないわ。

誰にも委ねたりしない。それがキャサリンの矜持だ。

誰も信じないと決めている。信じれば期待してしまう。

「や、やめて、ラス……」

必死で距離を取ろうと胸を押しやるけれど、キャサリンの抵抗などラスにとってはないも同然なのだろう。肌と肌はぴったりと合わさったままである。

そして考えたくはないけれど、とキャサリンは恐る恐る目線を下に向けた。身体をここまで密着させられていれば否が応でも気になってしまうというか気づいてしまうというか。

自分の下腹部に当たっている硬く熱い物体——未だ臨戦態勢のままの、ラスのそれを。

「ららラス……！」

「なんだ、かわいい人」

「かっ……!?」

臨戦態勢を解除してほしいと訴えようとして出鼻をくじかれる。

何もかもが想定外のことで、キャサリンのキャパシティを越えてしまっている。それなのにラスはやたらめったら甘い顔と声で、うっとりとこちらを見下ろし囁きかけてくる。

「かわいい人と言ったんだ。俺のために、もっとかわいくなってみろ」

「か、かわいく!?　ぁっ!?　ちょ……！　ラス！」

ラスは大きな両手でキャサリンの頬を包むようにして仰向かせると、自らの唇でキャサリンのそれを塞いだ。

──キスですって!?

キスだ。紛れもなく、唇と唇が合わさっている。

キャサリンにとって生まれて初めての異性とのキスだった。

亡き夫との結婚式では、夫の年齢もあってか頬にされるものであったし、初夜では異様に興奮した夫がいきなりナイトドレスを破こうとして、そして発作。キスどころではなかった。

自分を売った父や変態夫のことがあり、男性に対する甘い妄想など切り捨てた。

けれどそれより前は、キャサリンも確かに、物語の中の素敵な王子様や凛々しい騎士に少女らしい憧れを抱いていた。

男性に愛を囁かれたら、どんな感じかしら?

男性に抱き締められるって、どんな感じでしょう!

男性とのキスって──

──こういうもの、なの……。

混乱の真っ只中にありながら、キャサリンは頭の片隅でそんなことを思った。

想像していたよりも、ずっと柔らかい。男性の唇はもっと硬いのかと思っていた。

小鳥が啄むように、ラスはキャサリンの小さな薔薇色の唇を軽く吸っては離れる。それを何度か繰り返し、擦り合わせるように動いてから下唇を食んだ。

「開けて」

吐息と共に命令され、キャサリンはぎゅっと閉じていた目をゆっくりと開いた。

すると、ラスのハシバミ色の瞳が見えた。茶色のような緑のような、不思議な色。

まるで天気によって色を変える森の中の泉のようだ、と思った瞬間、その瞳に柔らかい笑みが滲んだ。

「開けるのは目じゃない、口だ」

「……くち……？」

まるで幼い子供のように鸚鵡《おうむ》返しをするキャサリンに、ラスは更に笑みを深める。

「キスの仕方も知らないんだな」

「――な」

またばかにするのか、と眦を上げた途端、もう一度ラスの唇が降りてきて口を塞がれた。

「んっ」

今度はぬるりと唇を舐められた。犬みたいだわ、と笑いかけて、それが歯列を割って口内へ侵入してきたので驚いて笑みが引っ込んだ。

「ふぁ、ん、ぁ――」

熱い舌。他人の舌には味があるのだと知った。ラスの舌は、ほのかにワインの味がした。

ラスはキャサリンを味わうように舌を絡ませ、探るように口内の至るところを弄った。

舌の付け根を強く押されると苦しかったが、上顎をくすぐられるとゾクリと背が戦慄《わなな》いた。

「ぁっ……！」

思わず漏れ出た赤子の泣く時のような鼻声に、ラスが一瞬動きを止めた。

どうしたのだろう、といつの間にか閉じてしまっていた目を開こうとして、だがすぐにラスが動きを再開したのでまた目を閉じることになってしまった。

くちゅ、くちゅ、という互いの唾液の混じり合う音がする。口を塞がれていて上手くできない呼吸のせいか、頭がぼうっとしてくる。

──まるでお酒に酔ったみたい……。

「俺が全部教えてやる」

キスの合間に呼吸をするための一瞬があり、そのタイミングでラスが言った。

はふ、とようやく取り込めた酸素にホッとした次の瞬間、また唇が重ねられる。

「ラ、……ス、も……」

もうやめて──そう言いたいのに、そのたびにラスの舌がキャサリンの舌を絡め取り、邪魔をする。そのくせ自分は唇を放した瞬間に言いたいことを言うのだ。

「かわいい、キャス」

「ん、ふぅ……む、ぁっ、ら、らす……！」

「……！　くそ、その声……！」

「はぁ、ん……こ、こえ……？」

「だから腰にクるんだと……！　ああくそ、箍《たが》を外したのは、お前だからな！」

半ば自棄になったようにそう吐き捨てると、ラスはこれまでの教え込むようなゆったりとしたキスから一転、貪るようなそれへと変えた。

同時に、優しく包み込むように抱き締めていた手で、今度は華奢な肢体を撫で回し始める。

「――ぅんん!?　ん、んっ、んぁあっ!?」

キャサリンの口内を荒々しく蹂躙《じゅうりん》しながら、ラスは右手でキャサリンの胸を揉みしだき、左手で丸い尻を鷲摑《わしづか》みにした。驚いて身を捩らせるキャサリンを、ひどく獰猛な笑みを浮かべて見下ろしている。

「お前が全部を曝け出すまでは辛抱しようと思っていたが、もう無理だ。丸ごと喰らってしまえば俺のものだ」

そうだろう？　と同意を求められても、キャサリンには否《いな》も諾《お》もない。

そもそもラスが何を言っているのか分からない。

とりあえず、肉食獣のようなラスの表情に、何故だか動悸が止まらない。

――ダメ、なのに……。

この動悸は病ではないと、本能が告げている。

目の前の獣にこの身を捧げてしまえと。全てを委ねてしまえばいいのだと。

ラスから差し出されているものは、眩暈がしそうなほど蠱惑《こわく》的だ。

受け取ればいい。受け入れてしまえばいい。

——ダメ。受け入れて、その後、捨てられる痛みを知っているでしょう？

キャサリンの理性が必死に叫ぶ。

そう、ダメだ。痛みを知っている。信じて、裏切られる痛みを。欲して手を伸ばし、振り払われる絶望を。

「何を考えている？」

「きゃっ……!?」

考えを巡らせていると、ラスがふにふにと揉んでいた左の胸の先をきゅっと摘まんだ。敏感な場所への強い刺激に、キャサリンは悲鳴を上げる。

「今から喰われようとしてるっていうのに、ずいぶん余裕だな？」

たいして面白くもなさそうに笑って、ラスがかぷりと首筋に噛みついてきた。

「ふぁっ！」

首の柔らかな皮膚に食い込む硬い歯の感触に、痛みよりも先にぶるりと慄きが走る。それはまるで小さな稲妻のように、キャサリンの身体の奥へとその刺激を伝えた。ピリピリとした疼きは熱を孕んで、キャサリンの奥底に閉じ込められていた何かに火を灯す。

その感覚は、結晶化した蜂蜜が蕩け出す様にも似ていた。

ラスが歯を立てた痕にねっとりと舌を這わせる。浸かっている湯よりも熱く感じる他人の粘膜《ねんまく》に、キャサリンの皮膚が快楽への布石を拾ってざわりと粟立った。

「ぁっ、や……ぁあん！」

やめて。そう唱えるはずの声は、しかしラスの唇がゆっくりと降りたことで嬌声に変わってしまう。

肉厚の舌は鎖骨の形をなぞるようにして移動し、やがてまろやかに膨らむ見事な乳房に到達する。くつりとひとつ喉を鳴らし、ラスは柔らかな肉を食み始める。がぶ、がぶと大きな口を開けて自分の胸を甘噛みする男を、キャサリンは震えながら見下ろした。

本当に、獣に襲われているかのようだ。

しかもその獣は、獲物であるキャサリンを噛み殺すのではなく、オモチャにしていたぶっているといった風情だ。

キャサリンの視線に気づき、ラスがにたりと口の端を上げた。悪戯を思いついた悪童のような顔に嫌な予感を覚えると、彼は両手で乳房を掬い上げるように持ち上げ、その頂点に咲いた紅色の蕾《つぼみ》をこれみよがしに舐めた。

「ひぁっ……！」

自分の胸の先をラスが舐め転がしている。

その淫靡《いんび》な光景と、弄られた場所から火花のように走る甘い痺れとで、キャサリンはくらくらと眩暈がした。

ちろちろと舌の先でこねくり回すのに飽きたのか、今度は赤子のように乳首に吸いつかれる。より強い刺激に、キャサリンはビクリと身を震わせた。

「あっ、ああ、そんなっ……！　だめぇっ」

ちゅうちゅうと吸ったかと思えば、今度は口の中でれろれろと舐《ねぶ》られる。

キャサリンの反応を見るためか、上目遣いでこちらを見上げるラスの瞳は柔らかな淡色だ。それなのにその中には欲情が濃く熱く燻っていて、見つめるキャサリンを焼き焦《こ》がしてしまいそうだった。

まるで強い酒のようだと思った。人の理性までも融かしてしまう、強い強い酒精《しゅせい》——。

触れられる皮膚から、粘膜から、その酒精が入り込み、キャサリンの血に火を灯していくのだ。

異性に対する色欲を、キャサリンはこれまで知らなかった。これまでの人生で必要のないものと切り捨ててきたものであり、逆に言えば己の境遇から諦めてきたものでもある。

無縁となっていたはずのそれが、今目の前に差し出され——いや、突き出されている。

——受け取ってしまいなさいよ。委ねればいいの。

熱に浮かされたぼやけた頭の奥で、誰かが囁く。

——委ねる……受け取っても、いいの……？

そうだ。差し出されているものを受け取って何がいけないのだ。

ずっと欲しかったのだ。

愛されることを。愛することを。

——たとえ、これが紛い物だったとしたって、別にいいじゃないの。

今差し出されているものが、本物だとは信じられない。なにしろ、キャサリンは誰も信じられないのだから。

ならば信じなければいい。信じないまま、受け取ればいいのだ。

信じていなくても、ラスの手はこんなにも心地好い。閨事の心地好さや幸福感を、キャサリンは未だ知らない。今それを知って何が悪い？

キャサリンは未亡人だ。

未婚女性のように、純潔を証明しなくてはならない相手はいない。

むしろ、閨事の経験がないということに、キャサリン自身多少のコンプレックスも感じていた。真っ当に相手を得ようとするならば結婚だが、『サキュバス侯爵』に、この先まともな縁談などあるはずがない。あったとしても、ハントリー領の財産を狙った輩くらいだろう。無論そんな連中と婚姻を結ぶなど考えられない。

そうなれば、キャサリンはこの際一生処女ということになる。

処女だからといって特段困りもしないが、それもどうなのだろうと首を傾げる自分もいる。ボンクラな父親と変態夫のせいでめちゃくちゃになった人生を、甘受しているかのようで腹が立つ。

真っ当な方法とは言えないが、ラスがその身を差し出してくれているのだ。これを好機と言わずして何と言うのか！

——据え膳、食わせていただきますわよ、ラス！

キャサリンは決意を込めてカッと目を見開くと、キッとラスを見返した。妙に気合いの入ったその表情にラスが片眉を上げる。訝《いぶか》しんでいるのだろう。

だがありがたいことに、ヤル気は萎《な》えていないようだ。ちらりと目線をずらして確認すれば、ラスの一物は未だ反り返って腹についている。あれが自分の中に入るのかと思えば恐怖がないわけではないが、それでも好奇心の方が勝った。

「ラス」

キャサリンは名を呼びながら、両手をラスの頬に添えた。掌にがっちりとした骨格と、のびかけた髭を感じ、男性としてのラスを意識する。

そう、ラスは男性だ。自分とは違う。

「教えて、ラス。私に、あなたを」

そして自分は女性だ。

世間では『サキュバス』と呼ばれている。

ならばせめて口先だけでも男を誘う言葉を紡げばいい。

唐突に積極的に受け入れ始めたキャサリンに、ラスは目を瞬く。

何かを探るようにほんの少し目を眇め、やがてニヤリと笑った。

「お望みのままに、マイレディ」

少し皮肉めいた物言いの後に受けたキスは、ひどく荒々しいものだった。

口づけながら、ラスはキャサリンの脇と膝に腕を差し入れ、軽々と横抱きにした。そのまま自分は湯船の脇に腰掛け、その上にキャサリンを抱く。

まるで子供をあやすかのように膝にのせられ、キャサリンはきょとんとして背後のラスを見上げた。

「あの……ラス？」

「しぃ……」

疑問を投げかけようとするキャサリンを黙らせ、ラスはキャサリンの首筋に吸いついた。

「んっ……ぁあっ」

ちゅう、と音を立てて何度も吸われる。その間、ラスの両手はキャサリンの両胸を揉みしだき、指先は硬くしこった乳首を弄る。くりくりと何度も捻られると、キャサリンの下腹部がどろりと熱を孕んでいった。

「はっ……ぁ、ん、……んんっ」

気持ちいい。

首を舐め上げられ、耳介《じかい》に歯を立てられる。あまり感覚のない軟骨を歯で引っ掻かれると、その場所から全身へと肌がさざ波を立てた。

びちゃ、と耳の穴を塞ぐようにして舐められると、ぞくぞくと悦びの破片がキャサリンの身体に散らばっていく。鼓膜の間近で立てられる水音がこんなにもいやらしいだなんて。

与えられる快感に浸るように目を閉じると、それに気づいたのか、ラスが囁き声で叱咤してきた。

「こら、ちゃんと見てろ」

「ぁ、……っ、だっ、て……」

気持ちいいが、やはり恥ずかしい。

なにしろ、異性に肌を晒すのすら初めてだ。触られるのも、舐められるのも。

そう思ったが、それをラスに教えるのはキャサリンの矜持が許さなかった。

再び瞼を閉じたキャサリンの口に、何を思ったのかラスが自分の指を突っ込んできた。

驚いて目を開ければ、彼は耳朶を甘噛みしながら囁いた。

「舐めて」

舐める？　とは、この口の中の指のことだろうか……。

男のごつごつとした太い指が二本、キャサリンの口の中で「ほら」と促すように動いた。

口の中に他人の身体の一部が入るのは初めての経験だ——とまで思って、いやそういえば先ほどこの男の舌を舐めたばかりだったと思い直す。

だが舌のように柔らかくないものが入っているのは、圧迫感があってなんだか少し怖い。

キャサリンは恐る恐るラスの指に舌を這わせた。

大き過ぎて上手く舐められない。噛まないように気をつけつつ、顎と舌を懸命に動かしてぎこちなく舐める。口の中の異物を感知してか、唾液がたくさん湧いてくる。過剰な水分のせいで、くちゅ、と口の中が鳴った。

「……もっと舌を絡ませて。隅々まで、そう……。上手だ」

ラスが相変わらず耳朶を食みながら、低く甘く誘導してくる。

「いい子だ」

優しく褒められ、キャサリンは嬉しくなった。

こんな子供扱いなど、普段なら頭にきて怒鳴っているところだが、今は何故か気にならなかった。

――だって、ラスの声が甘いから。

甘い、としか表現できないような声を自分に向けられ、湧いてくるのは嫌悪ではなく単純に喜びだった。

「もういいだろう」

さんざんキャサリンの口内を侵していた指が、不意ににゅるりと出て行った。指にまとわりついた唾液は、つうっと銀色の糸を引き、離れていく内にぷつりと切れる。

「あ……」

なんだか恥ずかしさが込み上げてきて顔を逸らそうとした時、キャサリンの足がラスの両膝に引っ掻けられるようにしてパカリと開かれた。

「えっ！」

これでは恥部が丸見えだ。

「へえ、下はあまり生えていないのか」

悲鳴を上げるキャサリンの背後から下を覗き込んできたラスが、なんでもないことのようにそんな感想を漏らした。キャサリンは脳が沸騰するほどの羞恥《しゅうち》に駆られる。

「ラス！」

キャサリンの悲痛な叫びなど素知らぬ顔で、ラスは大きな手で金の巻き毛がうっすらと生えた恥丘を囲うように撫でる。

「柔らかいな……産毛のようだ」

「そっ、そ、ぅ、うぶ、な、な」

動揺するキャサリンの頬に、ラスはちゅ、と啄むキスを落とした。

「お前の身体はまるで無垢のままだな」

それはそうだ。正真正銘、ピッカピカの処女なのだから。二十五歳だけれど。

ぐるぐると目が回りそうになりながら、キャサリンは「あ」だとか「う」だとか言葉にならない音を発した。そんなキャサリンにクスリと笑みを漏らすと、ラスは先ほど口の中に捻じ込んでいた指で、女陰の上に咲く花芽を探り当てた。

そこに軽く触れられただけで、身体がビクリと面白いほど反応するのが分かった。

「ひん……！」

キャサリンの声にラスが熱い吐息を漏らす。

「……本当に、お前のその声……」

少し呆れたような声で言いながら、ラスが円を描くようにくるくると花芽を弄る。このためにあらかじめキャサリン自身の唾液をまとわせていたのだろうか、指の動きはスムーズで、強過ぎず優し過ぎない絶妙な力加減だ。

「ぁ、……んっ、ふぁっ、……っ、ひ、ぁあ」

「……っ、良さそうだな」

指の動きに合わせるように鳴くキャサリンの頬、耳、首に、ラスは何度も小さなキスを落としながら囁いた。その声はどことなく苦しげであったが、ラスの繰り出す快楽に翻弄《ほんろう》されているキャサリンには気づく余裕などない。

ラスの指が花芽を撫でるのをやめ、その下の割れ目をするりとなぞった。

「溢れているな」

ふ、と笑いの滲む声で指摘され、キャサリンはとろんと目を開ける。

「あふ……？」

いとけない子供のように呟くキャサリンに、ラスはまた吐息を漏らすように笑って、こめかみにキスを落とす。

指は休むことなく動き続けている。閉じられた花弁が二本の指で割り開かれると、長い中指をつぷりと差し入れられた。

「あっ……！」

ビクリと身を揺らしたキャサリンを、ラスが後ろから宥《なだ》めるように抱き締める。

ラスの指は隘路を縫うように奥へと進み、中の襞の感触を確かめるようにゆったりと動いた。

くちゅり、と粘着質な水音が立った。

「ああ、すごい。中は狭いが、熱くてぐしょぐしょで……俺の指がふやけそうだ」

指の付け根までぐっぽりと入り込んだ後、ラスはくるりと指を回して中を擾うようにし、一度引き抜いた。まだ何も受け入れたことのないキャサリンは、その一本の指の刺激だけで高い声で鳴いた。それに気を良くしたのか、ラスは一度抜き出した指をすぐにまたにゅるりと侵入させる。ぬぷぬぷと浅い場所で抜き差しし、キャサリンが反応を示した場所をぐりぐりと擦る。やがてまたぐうっと奥まで挿《さ》し入れて、中で様々に蠢かした。

探索されている、と感じた。外から、中から、ラスは余すことなくキャサリンを知り尽くそうとしているのだ。

——嬉しい、だなんて。

不思議な感覚だった。知られる、というよりもずっとあからさまで直接的——そう、暴《あば》かれる、という言葉がしっくりくる。

ラスに暴かれている。晒されている。

自分の身を、ありのままの自分を赦す行為——これまで暴力的ですらあったこの行為へのイメージが、ラスによって塗り替えられていく。

「あ、ラスぅ……！」

キャサリンは腕を上げてラスに縋りついた。背後にいる彼に抱きつくのは、無理に身体を捻らねばならず苦しかったが、それでももっと彼を感じたいという衝動を抑えられなかった。

「っ、本当に、お前は……」

キャサリンの抱擁に何故か一瞬息を呑み、ラスが噛みつくように口づけてきた。

嵐のように口内を蹂躙されながら、両膝にラスの逞しい腕が差し入れられ、ふわりと身体を持ち上げられるのを感じた。

「ふぅ、ん!?」

「しっ」

突然の浮遊感に慌てたキャサリンを吐息のみで黙らせ、ラスは浮いた隙間に自分の猛りを持って行く。

「あ……」

先ほどまでの愛撫で濡れそぼった花弁に、隆々と天を突く熱い昂《たか》ぶりを宛てがわれる。たっぷりと蜜に濡れた入口は、しかし未開通の花園だ。ぴっちりと閉じられていて、硬く熱いラスの亀頭をつるりと滑らせて拒む。

「固いな……」

小さく唸って、ラスはもう一度キャサリンの身を軽々と抱き上げた。そしてくるりと反転させる。今度は向かい合い、跨る形で抱き直された。崩れた体勢を立て直すためにラスの肩に手を置くと、ちょうど彼と目が合った。

「キャス」

至近距離で見つめられ名を呼ばれる。透き通った眼差しがまっすぐキャサリンに注がれていた。その真剣な色に、キャサリンは目を瞬いた。

「な、なに……？」

「今更訊くのもなんだが……お前、初めてか？」

「！」

まさか露骨に訊かれるとは思わず、キャサリンは絶句する。

だがそれが答えとなってしまったようで、ラスはその刹那瞠目し、やがておもむろに微笑んだ。少年がはにかんだような、どこか初々しさすら感じる表情だった。

「そうか」

「なっ、なにが『そうか』なの……！」

まだ肯定はしていないと反論しようと開いた口を、ラスがキスで塞ぐ。そのまま口の中を揉みくちゃにされ、ようやく解放された時、ラスが言った。

「任せておけ。責任は取る」

とても良い笑顔だった。

「せ、責任って……」

キャサリンは呆気に取られた。

自称『何でも屋』のほとんど無職の男が何を言っているのだろう。

だがラスは力強く頷き、キャサリンの額にキスをする。

「ああ。お前が何者であろうと、俺が護る」

「……えっ、と……」

「だから安心して、お前のすべてを、俺に寄越せ」

——なんの安心材料もないのですけど！

と罵倒したくなったが、けれどキャサリンはそこで噴き出してしまった。

なんだろう、この自信。一体どこから来るのか。

得体のしれない男に、責任を取り、護ると宣言された。なんの保証もない戯言だ。それなのに、どうしてこんなに嬉しいのだろう。

——いいじゃない。どうせたった一度の夢のようなものだもの。

さばけた貴族のご婦人の中には若い俳優を愛人として傍におく者もいるくらいだから、そもそも評判の悪いキャサリンがラスを愛人として囲うことくらい、さして問題視されないだろう。

だがキャサリンはそうするつもりはなかった。

男は嫌いだ。

ロクデナシのあの父親や、変態の亡き夫。興味津々に下卑た視線を向けるくせに、悪《あ》しざまに噂する社交界の男ども。

キャサリンを失望させ、愛だの恋だのに対する憧れを木端微塵《こっぱみじん》に打ち砕いた者たちだ。

そんなものにうつつを抜かして身を持ち崩したくはない。

──だからこれは、一度きりの夢。

愛し愛された異性の腕に抱かれる。

あどけない少女の頃に見ていた夢を叶え、そして葬るための儀式なのだ。

全てをこのひと時に込めて、忘れてしまおう。

だからキャサリンは微笑んだ。少女だった頃に憧れていた全てを、ラスに委ねて。

「ええ、ラス。私のすべてをあなたに」

キャサリンの微笑にラスが小さく息を呑み、だがすぐに満足そうに口の両端を上げた。

「しかと、受け取った」

そして厳かにキャサリンの唇に自分の唇を合わせる。

重ねるだけのそれは、まるで誓いのキスのようだった。

互いに目を閉じていたのはどのくらいの時間だったのか分からない。唇を離したのは、ラスが先だった。

彼はキャサリンの両腕を自分の首に回させると、細い腰を自身の両手で摑み、浮かせた。

「摑まって」

大きな手を二人の隙間に滑り込ませ、落ち着きを取り戻した花芽を柔らかく擦る。

「あっ」

ヒクン、と身を揺らすキャサリンに、ラスが優しく囁きかける。

「大丈夫、怖かったら俺にしがみついていろ」

キャサリンは素直にそれに従い、ラスの首に回した腕に力を込める。ついでになんだか甘えたくなり、筋肉の筋が浮いた逞しい首筋に顔を埋めた。唇にラスの肌を感じ、好奇心からちろりとそこを舐めると、ラスがくすぐったそうに肩を揺らした。

塩辛い汗の味と、ラスの匂いがした。

「こら、いたずらをするな」

窘められるのも嬉しくて、キャサリンはふふっと笑う。ラスはそれに応えるように溜息をついたが、「余裕があるのも今の内だぞ」と言って、再び潤いを取り戻した蜜口へ、張り詰めた自分自身を宛てがった。

にゅちり、といやらしい音がして、とんでもなく質量のあるものが自分のそこを圧迫するのを感じた。

キャサリンは本能的に恐怖を感じ、咄嗟にラスに取り縋るようにしがみつく。

「いい子だ。そのままゆっくりと腰を落として」

低い穏やかな声で促され、キャサリンは恐る恐る身体の力を抜いた。

ぐう、と圧《お》される感覚に、眉を顰める。

「痛いか？」

「……痛く、は、ないけれど……」

入る気がしない。

サイズが間違っているんじゃないだろうか、と思うほど、ラスのものは大きく、キャサリンの入口は狭い。入ってくる、という感覚以前の状態だ。

するとラスはキャサリンの腰に両手を当て、リズムを取るように上下させ始める。

それに合わせ、キャサリンもゆっくりと腰を揺らした。

「……あ……」

入るはずがないと思われたものが、ラスの奏でるリズムに合わせて、みちり、みちりとほんの少しずつキャサリンの内側へと侵食してきた。

まだ痛くはない。だが内側の粘膜を限界まで引き伸ばされる感覚には違和感しかなく、快感には程遠かった。

「キャス」

ラスが耳腔に息を吹き込むようにして名を呼んだ。ぞくりと皮膚が粟立ち、キャサリンは首を竦める。

「力を抜け」

「や……！」

ぴちゃり、と生々しい音が鼓膜を大きく震わせた。ラスが耳の中に舌を差し込んで舐め始めたのだ。腰を支えていた両手がするりと這い上がり、たゆんとした豊かな乳房を掬い上げるように持ち上げる。真っ白な肉の上に咲いた薔薇色の蕾が痛いほど尖り、その存在を主張している。

ラスはそれにふうっと息を吹きかけ、ぱくりと咥えた。

「ふ、ぅ、んっ」

胸の先に与えられる快楽と、ぎちぎちと下から侵入しようとする刺激とで、意識が分散される。それが狙いだったようで、ラスは口の中の乳首を吸ってみたり軽く歯を当てたりと、強めの刺激を与えてくる一方で、幾分力の抜けた隘路に一気に腰を押し進めた。

「ひ、ぁああぁぅんっ！」

ずん、と熱い楔に突き上げられ、キャサリンはその衝撃に悲鳴を上げる。

衝撃としか言いようのない痛みだった。まるで身体の内側を鈍い刃物で削られたかのようだ。四肢にまで重く響く痺れに、全身が硬直していた。

「すまない」

短く謝罪するラスに反射的に怒りが込み上げてきたが、彼の息も軽く上がっており、そのこめかみに玉の汗が浮いているのを見て、キャサリンは震えながら息を吐いた。

「痛いか」

問いに、キャサリンは素直に頷いた。

だが苛烈な痛みは閃光のように一瞬で、今はその衝撃の名残に身体が震えている状態だった。

少しずつ強張りが解けてくると、キャサリンはくたりとラスの広い胸に身を預けた。

肌と肌が密着し、ど、ど、ど、というラスの速い鼓動が直に伝わってくる。

目を閉じてその音に耳を澄ませていると、ラスが髪を撫でてくれた。その手つきが驚くほど優しくて、キャサリンはその仕草に自分が不思議なほど安堵しているのが分かった。ほ、と息を吐き、身体から強張りが完全に取れてしまうと、自分の内側にある重く硬い圧迫を意識せざるを得ない。

みっしりと隙間なく嵌《は》まっている感覚。引き攣れた粘膜がぎちぎちと音を立てそうだ。意識してしまうと身の内側が勝手に蠕動《ぜんどう》し、ラスの剛直を締め上げる。

「……っ」

ラスが声にならない呻き声を上げ、ごくりと喉を鳴らした。眉間を寄せたその表情が苦しそうで、キャサリンは少しでも楽にしてあげようと身じろぎする。だがそれは余計なことだったようで、ラスは奥歯を噛み締め、獣のような唸り声を上げた。

「動くな……！」

「だ、だって、あなた苦しそうだから……！」

怒られたと思い、慌てて言い訳をすれば、ラスが皮肉気な笑みを浮かべた。

「……人の心配をする余裕が出てきたなら、もう良さそうだな」

「え」

何が良さそうなのか、と眉を上げた途端、腰を摑んで持ち上げられ、そのまま手を放された。

「きゃあん！」

ぎっちりと詰まっていたものがずるりと引き出され、その直後に奥の奥まで突き入れられる。これ以上はない最奥まで侵されて、キャサリンの目の前に白い火花が散った。

だがそれは痛みではなかった。異物の侵入にキャサリンの身体が慣れだしたのか、愛蜜が後から後から湧き出てきて、ラスの動きをスムーズにしていた。

キャサリンが痛がらないのを確認したのか、ラスはリズムをつけて腰を動かし始める。

ラスの首に縋りつきながらも、キャサリンはぎこちなくも懸命にそのリズムを追って自らも動いた。

「あ、あ、ぁっ、ん、んっ、ああっ」

大きな熱い塊が自分の中を行き来する。

肉襞を擦り上げられるたび、何か甘ったるい痺れのようなものが身体の芯に溜まっていくのを感じた。甘い痺れは血にまじり、頭まで巡ってキャサリンの思考を白く甘く霞ませる。

――まるで、麻薬ね。

キャサリンの中から溢れ出る蜜が、ぱちゅん、ぐちゅんと卑猥な音を立てる。

「キャス……」

ラスが掠れた声で名を呼んだ。

低く唸るようなその声が、どうしてかひどく甘く感じて、キャサリンは身をぶるりと震わせた。

「キャス」

また呼ばれる。今度は切羽詰まった響きさえあった。

ぼんやりと視線を上げれば、ラスのハシバミ色の瞳が見えた。うっすらと目を細めていて、苦しげで、切なげな目だった。

——なにがほしいの。

欲しがっているのだ、と感じた。目の前の男は何かを欲しがっていて、跪《ひざまず》いている。

あげたいと思った。この男が欲するものを与えたい。

この男を満たしたい。

「キスを」

ラスが言った。

そうか、とキャサリンは妙に納得した。

揺さぶられ、身の内側を奥の奥まで侵されながら、だが懇願されているのだと気づいた。

『お前のすべてを、俺に寄越せ』

先ほど彼が言った言葉を思い出した。

——この男は、私が欲しいのだ。

欲しくて、希《こいねが》っている——自分の身を差し出して。

身の内に受け入れているラスを感じながら、キャサリンは腑《ふ》に落ちた。

侵されているのではない。差し出されているのだ。

これは互いに与え合う行為だ。

——ならば与えてくれた分だけ、私も返さなくては。

「ええ、ラス」

キスが欲しいというならば、キスを返そう。

赦しを与えるように微笑んだキャサリンに、ラスが軽く目を瞠る。

キャサリンは頤《おとがい》を反らし、ラスの唇に自分のそれを寄せた。

唇が重なる。柔らかく、熱い粘膜の感触に、キャサリンは泣きそうになった。

今確かに、自分とこの男は結ばれているのだと、そう感じられた。

唇を離して、キャサリンはラスの瞳を覗き込んだ。

透明な瞳の中に、幸せそうに笑う自分の顔があった。

「初めて触れたのが、あなたで良かった」

きっとラスでなければ、こんなふうに思えなかった。

それ以前に、異性と交わるなどと思いもしなかっただろう。

キャサリンの言葉に、ラスもまた微笑んだ。

それはいつものからかうようなものでも、皮肉気なものでもなく、少年のような純粋な笑みだった。

「お前は俺のものだ」

そう宣言し、今度はラスからキスをもらう。噛みつくようなそれを受け止めた。

互いを抱き締め合い、ハシバミ色と空色とが見つめ合う。

唇が離れて、ラスが言った。

「俺はお前のものだ」

キャサリンは何も言わず、けれど小さく首肯する。

このひと時だけは、彼のものでありたかった。

彼を自分のものにしたかった。

恩人で、けれど得体のしれないこの男を、今は無条件で愛していたい。

無条件で愛されていたい。

そう願い、もう一度キスをすれば、今度は優しく迎え入れて応えてくれた。

ゆったりと舌を絡ませ合うと、それに合わせるように律動も緩やかになる。

キャサリンの心に添うように身体も受け入れたのか、違和感ばかりだったラスのものを、今は自ら包み込むようにして絡みついている。

「動くぞ。キツいかもしれないが、受け止めてくれ」

ラスがキスをしながら言ったので、キャサリンは目を細めた。頷かずともそれだけで分かったのか、ラスが目だけで笑い返し、腰の律動を速めた。

「んっ、あ、ああっ、ぅあんっ」

突き上げられるタイミングで落とされるたび、一番奥の壁にどん、どんと鈍い衝撃を受ける。

「く、く、る、……しぃっ、ラス、……ラスぅ……！」

たまらなくなって、生理的な涙を零しながら訴えれば、ラスは獣のように唸りながらキャサリンをかき抱いた。

「す、まん……！　あと、少し……！」

苦悶に耐えるかのようなその声音に、何故か胸がきゅんと高鳴った。

それが苦悶ではなく、愉悦を目指すものだと本能で察したからかもしれない。

「ラ、スぅ……あ、き、気持ち、いい……？」

下から穿たれ翻弄されながらも、ラスの表情に魅入って訊ねれば、ラスは寄せていた眉根を解き、蕩けるように破顔した。

「ああ、気持ちいい」

「ほ、んとう？」

「あ、あ。お前の中、熱く締まって……ああ、くそ、良過ぎて頭がおかしくなりそうだ」

こんな時にまで悪態を吐く男に、キャサリンは声を立てて笑った。

裸で抱き合いながら鈴のような声で笑う女に、男が憮然と咎める。

「笑うな」

「あは、だって……ふふっ、ぁあんっ、あっ、だめ、ラス……！」

なおも笑い続けるキャサリンに、ラスがお仕置きとばかりに穿つリズムを速める。

「あ、あ、ぁあっ、も、ラス、ラスっ」

水音が立つ。水よりも濃くて、蜂蜜よりは薄い、そんな濃度の音は、ちょうど二人の間の密度にも似ていた。

――私は、ラスが好き。

多分、この想いは恋なのだろう。今感じている彼と繋がったという喜びは、友情にしてはいささか甘過ぎる。

だが愛なのかと問われれば、キャサリンには分からなかった。

でもそれでいいのだと思った。

だってラスとの逢瀬はこれが最初で最後だ。

『サキュバス侯爵』に、男は不要だ。

それが、自分を淫婦と貶《おとし》めた世間に対する、キャサリンの意地だから。

愛だの恋だのに憧れた少女の自分を、これでようやく葬ることができる。ラスはその手伝いをしてくれた。それだけだ。

「っ、く、……！」

何かを堪えるようにラスが唸った後、隘路を激しく抽送する昂ぶりが、ぐう、と更に一回り大きく膨らむのが分かった。

「ああ……！」

キャサリンはうっとりと目を閉じた。

目の裏に白い稲光を見た気がして、弾ける、と感じた。そしてその感覚が喜ばしいとも。

だからそれを受け止めて、身を委ねた。

「はっ、ぁあ、キャス……！」

絞り出すような声でキャサリンを呼ぶ。

次の瞬間、身の内側で熱塊が弾けた。

ビクン、ビクンと跳ねるそれと、奥に浴びせかけられる熱い飛沫に、泣き出したいほどの幸福を感じながら、キャサリンは押し寄せる疲労に身をぐったりと弛緩させたのだった。

3章　エマ

温泉を堪能するどころではなく疲れ果てたキャサリンが、ネルヴァのハントリー侯爵家の別荘に帰宅したのは、夕食もそろそろかという頃合いだった。

ラスは事を終えた後ぐったりとしてしまったキャサリンをひょいと抱き上げ脱衣所まで連れて行くと、それはそれは丁寧に介抱しようとしてくれたのだが、いつ侍女のカミーユが戻ってくるか分からない。全裸の主が全裸の男と戯れている場面を、いかに自分の侍女であろうと見られるわけにはいかない。

よってキャサリンは彼を早々に湯殿から追い出した。

ラスは不満げだったが、キャサリンが「妙な噂が立ってはマズイから」と説明すれば、む、と唇を引き結んだ。

「確かに、婚前交渉は女性にとって良くない噂になってしまうな」

と頷き、引き下がった。やることはやっておいて今更何を、と思わないでもなかったが、それは自分も同罪なので大人しく口を噤んだ。

ラスの着替えは脱衣所のチェストの中にしまわれていたようで、なるほど入る前にそこは確認しなかったとキャサリンは納得した。入る前にラスの衣類を見つけていればこんなハプニングには見舞われなかっただろう。

アエースタスの部屋を出る際、ラスはもう一度振り返り、キャサリンに濃厚なキスをした。

「またな」

唇を離してそれだけ言うと、彼は去って行った。

その背を見送りながら、キャサリンは一人苦笑する。

「またな、か……」

また、はもうないのだ。

キャサリンは二度とあの花街の薬屋には行かないだろうし、この温泉に来ることもない。これまではキャサリンがラスのところに出向いていたから会うことができていた。キャサリンが連絡を絶ってしまえば、もう二度と関わることはない。

情報はアーロンの店でなくとも得られるだろう。

もし仮にラスがキャサリンとの繋がりを求めたとしても、キャサリンが「そんな人は知らない」と突っぱねてしまえばそれまでだ。

傲慢だ、と思わないわけではない。仮にも関係を結んだ相手だ。もしラスがこの先の未来を共にと少しでも考えてくれているとすれば、その想いを踏み躙《にじ》る行為なのだから。

それでも、キャサリンは護りたいのだ。『サキュバス侯爵』の矜持を。

「ラス……」

――ごめんなさい。

独りよがりな通過儀礼に巻き込んでしまって。

キャサリンは帰宅後早々に潜り込んだベッドの中で、密かに謝罪する。

初めての情事によって、脆弱なキャサリンの身体は疲労困憊していた。

温泉に浸かった後、湯あたりしてベッドの住人と化すのはよくあることだったので、まだ夕食の前だというのに主人が就寝することに、使用人たちは不審がってはいないようだった。

――エマがまだ帰っていなくて良かった。

他の使用人は気づかずとも、聡いエマならばキャサリンの変化に気づいてしまうかもしれない。

好きな相手と身体を重ねた――つまりもう純潔ではなくなった。

その変化を、キャサリンは誰にも知られたくない。

それは恥ずかしいからでも、自分でも意外なことに、矜持からでもなかった。

ラスとのあの親密な時間を、自分だけの思い出にしておきたいからだ。

甘く蕩けるようなあのひと時は、きっとこの先、キャサリンの中でキラキラと輝き続けるだろう。

「ラス……」

キャサリンは柔らかなリネンに頬を寄せ、囁くように名を呼んだ。

疲労から眠気が蜘蛛の糸のようにキャサリンの全身にまとわりつく。

とろりと混濁していく思考の中、閉じた瞼に浮かぶのは、やはりあの美しいハシバミ色の瞳だった。


ノックの音がして目が覚め、キャサリンは自分が眠っていたのだと気づいた。

ぼんやりと頬に当たるシーツの感触を味わっていると、カチャリとドアノブが回され、誰かが部屋に入ってくる気配がする。

――エマ。

許可を待たず主人であるキャサリンの部屋に入って来るのは、エマだけだ。

「キャサリン様、起きてらっしゃいますね」

「……どうして目を閉じているのに起きてるって分かるの」

エマに自分の全てを把握されていることに憮然として言った。本人ですら夢とうつつの狭間にいるというのに。

しかしエマは表情を変えることもせず、当然のようにサラリと答える。

「呼吸ですよ。眠っていらっしゃれば、もう少し深く回数が少ない」

「呼吸の仕方とか……把握され過ぎてて、ちょっと怖いわ、エマ」

もしかしたら瞬きの平均回数までも把握されているんじゃないかと思うほどだ。若干引き気味になったキャサリンに、けれどエマは気にした様子もなくマイペースに話を続ける。

「ですが、寝起きにしてはいつもより浅く速い。やはりこちらに到着してすぐの湯治では負担が大きかったようですね」

言いながらエマはキャサリンの被っているシーツを捲り、細い手首を取って脈を計り始める。

疲れているのは確かだ。ラスとの湯殿での行為を思い出し、赤面しそうになる自分をキャサリンはグッと押しとどめる。

——いけない。エマにあの事を知られたらたいへんなことになるわ。

過保護なエマのことだ。ラスを探し出して口封じのために、あるいは報復だと言って何をするか分からない。

落ち着こうと、エマにされるがままになりながら、首の詰まったカッチリとした黒のドレスを纏う彼女を下から仰ぎ見る。切れ長の大きな目、その周囲を縁取る黒々とした長い睫毛が伏せられ、頬に影を落としている。

地味な装いをしているが、エマはとても美しい。華やかに着飾って、この人形のような無表情を少し和らげて微笑めば、それこそ引く手あまただろう。

それに、女性としての魅力だけではない。エマの明晰な頭脳を欲しがる権力者は山のようにいるに違いない。

――こんなふうに私の傍にいるせいで、エマは。

それはキャサリンがエマに対してずっと抱いてきた負い目だ。

「ああ、少し脈が速い。発作予防の薬湯を持ってきましょう。……なんですか、わたくしの顔に何かついていますか」

じっと見られていることに気づいたエマがわずかに眉を上げて訊ねた。

「エマが美しいなって思って見てたのよ」

思っていたことをそのまま告げると、エマがフッと鼻を鳴らす。

「……お美しいのはあなたです、キャサリン様」

「私が美しくても、もうどうしようもないわ。『サキュバス』だなんて不名誉な二つ名のついた女貴族なんか、もうまともな結婚なんて望めないもの」

自嘲してベッドから身を起こせば、エマが驚いた顔をした。

「結婚なさりたいのですか？」

「うーん。結婚したい、わけではないわね。でも家族は……欲しいと思う時があるわ」

大抵それは発作を起こした時だ。辛くて苦しくて、今度こそ死んでしまうのではないかと思うことがある。

――私が死んだら、誰かが悲しんでくれるのかしら。

エマは、きっと悲しんでくれるだろう。運命共同体だと言ってくれた。血は繋がっていないが、キャサリンが唯一家族だと思っている人だ。

　でも、他に誰が？

　――誰もいない。

　誰も泣くほどにはキャサリンを愛してくれてはいない。

　何故なら、キャサリン自身が、誰も愛していないからだ。

　エマが泣いてくれるのは、運命共同体だと言ってくれたエマをキャサリンが愛しているから。

　金のために血の繋がった父親に売られて以来、キャサリンはエマ以外の人間に心を開いたことがない。エマ以外誰も信じられなかったし、誰もキャサリンを救ってはくれなかった。キャサリンはエマと手を取り合い生き抜いてきたのだ。

　――でもいつか、エマを解放しなくてはならない。

　だが、キャサリンには未だエマを手放す勇気がなかった。

　エマを愛しているし、幸せになってほしい。

　エマの才能を存分に発揮できる場所へ飛び立ってほしい。

　――けれど、エマに置き去りにされたら、私はどうなってしまうの？

　領地の管理に関しては、自分でも領主としての役割を果たしてきたと自負している。

　だがこの軟弱な身体では全てをこなし切れるとは思えない。キャサリンが発作を起こし倒れるたびに、代役として立っていてくれたのがエマなのだから。

　そして何より、エマ以外愛したことのない自分が、エマを失ったらどうすればいいのだろう。誰を信じればいいのだろう。誰をよすがに生きればいいのだろう。

『お前が何者であろうと、俺が護る』

　不意に、あのハシバミ色の瞳が眼裏に浮かんで、キャサリンは内心ドキリとした。ラス──誰も信用しない自分が、何故身を任せることができたのか。

　その答えを知りたくなくて、キャサリンは小さく首を振った。

　知ってしまえば、自分が弱くなってしまう気がした。

　──私は、一人で立っていなければいけないもの。

　サキュバス侯爵。それがキャサリンの矜持だ。利用しようと近づく人間は全て搾り取ってやる。誰も近寄らせない。赦さない。それでいい。

　物思いに沈んだキャサリンに、エマが訝しげに声をかけた。

「キャサリン様？」

「あ、ごめんなさい。つまり、私が言いたかったのは──血の繋がった我が子ならば、私が死んだ時、泣いてくれるかもと思ったのよ」

　苦笑して言った台詞に、エマが息を呑むのが分かった。

　しまった、と思ったがもう遅い。考えていたことを端的に言い過ぎた。

　キャサリンの手首を摑んでいたエマの指に、ぐっと力が篭もった。

「あなたが死ねば、わたくしが泣きます」

エマが言った。静かで硬く、痛いほどに強い口調だった。

キャサリンは恐る恐る目を上げて、こちらをまっすぐに見下ろす翡翠の双眸を覗き込む。

予想に反して、エマの目に怒りはなかった。

あったのは、ひどく凝《こご》った強い意志だった。

「エマ……」

喘ぐように名を呼べば、エマがなおも繰り返す。

「あなたが死ねば、わたくしが泣きます。狂うほどに泣くでしょう。覚えておいてください、キャサリン様」

まるでキャサリンに刻みつけるかのように、エマが言葉を紡ぐ。

「分かりましたか？」

問われ、キャサリンはその迫力に気圧されてただコクコクと頷くことしかできなかった。

するとエマはようやく眼差しを和らげ、小さく吐息を零した。

「では、発作予防の薬湯をお持ちします。それを飲んでゆっくりとお休みください」

くるりと背を向け部屋を出て行くその細い後ろ姿を、キャサリンはどこか呆然と見送ったのだった。

エマの気遣いも虚しく、キャサリンが発作を起こしたのはそのすぐ後だった。

発作予防の甘い薬湯を飲んで横になった途端、ひゅうひゅうと喉が鳴り始めた。息を吸うこともままならず、苦しさにシーツを掻きむしる。

「キャサリン様……！　ああ、やはり！　もっと早くに薬湯を勧めるべきでした！」

エマの痛ましげな声が聞こえる。だがそれどころではなかった。

苦しい、苦しい……！　助けて、だれか、助けて……！

肺が空気を求めて膨れ上がろうとするのに、狭まった気道がそれを赦さない。相反する内臓の動きに、キャサリンの全身が悲鳴を上げる。毛穴という毛穴から汗が噴き出し、身体中の血が沸騰したかのように熱い。

四肢が痺れ、思考が白く霞む。

「キャサリン様！」

エマの顔が涙で歪んだ。

だからだろうか、エマが微笑んでいるかのように見える。

「お可哀想に、キャサリン様……。さあ、この薬を飲んでください。苦いけれど、我慢をして。じきに治まります」

口に冷たい液体が注がれる。舌に苦いその水薬は、発作が出てしまった時に飲むもので、一番初めにエマが飲ませてくれた薬だ。キャサリンの命を何度も救ってくれた水薬。

苦いなどと文句を言うつもりは毛頭ない。狭まり液体を拒む喉を必死に制御して、少しずつなんとか流し込む。

エマが差し出す小瓶の中身を全部飲み切った頃、ようやく発作が治まり出した。

ぐったりと全身を弛緩させ、疲労のあまり眠りの中に逃げ込もうとするキャサリンの額に、ひどく優しい口づけが落とされた。

「本当にお可哀想でかわいい、わたくしのキャサリン様――」

＊＊＊

発作を起こした次の日は、大抵ベッドの住人だ。

発作が体力を消耗させるからというのも勿論あるが、何より過保護なエマがキャサリンをベッドから出そうとしないのだ。

せっかく保養地ネルヴァに来ているというのに、それ以来お目当てだった温泉に浸かることも禁じられ、キャサリンはむっつりと下唇を突き出していた。

「いつまでむくれておいでですか」

やれやれとでも言いたげにエマが肩を竦めた。いつもの黒い地味なドレスに手袋を嵌め、手には実用的な作りの日傘を持っている。外出用の恰好だ。

「だって私にはベッドから出るなって言うくせに、あなたは出かけるなんて！」

恨みがましく文句を言うキャサリンに、エマが溜息をつく。

「昨日の発作で、発作止めの薬が切れてしまったのです。材料を調達して作っておかなければいけないでしょう？」

「別にあなたが行くのを止めてるわけじゃないわ。私も温泉に浸からせてほしいって言ってるだけよ」

「あなたは昨日の今日で何を仰っているのですか。湯に浸かるという行為がどれほど体力を消耗させるのかあれほど説明しましたでしょう」

心底呆れたように言われて、キャサリンは唸った。

エマの言うことはもっともだ。湯治についての注意事項を耳にタコができるほど聞かされてきたのだから知っているし、自分自身の経験からいっても、湯に浸かった後とてもぐったりとしてしまうのだから、それが正しいのだと分かっている。

それでもだ。

「だって！　せっかく！　せっかくネルヴァにいるのに！　温泉が目の前なのに！」

「湯治に来た湯の中で死ぬおつもりですか」

本末転倒も甚だしいですね、と無表情に窘められ、キャサリンはもう一度下唇を突き出す。

「もう……分かってるわよ！　分かってるけど、文句は言いたいのよ！」

「それを世の中では八つ当たりと言うのです」

あくまで淡々と、それでも律儀に自分の相手をしてくれるエマに、キャサリンはようやく溜飲を下げてベッドの上で身を起こした。

「まぁいいわ。出かける前に、少し話があるの」

「話？」

軽く眉を上げたエマに、キャサリンはコクリと頷いた。

「調べてほしいことがあるの」

キャサリンの様子が変わったことに気づいたのか、エマがわずかに背を正す。

「あなた前に王都がきな臭いと言っていたでしょう？　私も噂を聞いたわ。王都で『悪魔の薬』が出回り始めているそうよ。あの薬を手に入れるには、他国から輸入するしかないはず……となると、ノースポートを抱える我がハントリー領も他人事ではなくなるわ。どうやら我が領内でも花街界隈での風紀が乱れているようだし、心配なのよ。領内の風俗店を調べてほしいの。もしその手の薬が出回っているなら……」

ラスにもう会うつもりのないキャサリンは、アーロンの薬屋には二度と行けない。となると、あの界隈に足を運ぶのはもうやめなくてはならない。するとエマにそれを頼むしかない。

そう思い頼んだのだが、見上げたエマの表情が恐ろしいものに変わっていて、キャサリンは度肝を抜かれた。

「エ、エマ……？」

「誰がキャサリン様のお耳に、『悪魔の薬』などという不埒な情報を入れたのですか？」

「え……？」

無表情で凄まれるほど恐ろしいものはない。

エマの背後に真っ黒な炎が燃える幻覚が見えそうだ。それほど凄みのある雰囲気を醸し出していた。

「キャサリン様のお耳にそのような下賤な話を入れるとは……その者、叩き斬ってやる……！」

エマの過剰反応に面くらいながら、キャサリンは慌てて言った。

「えっ、ちょっとどうしたの、エマ。下賤な話じゃないわ。私だって領主だもの。領内の不穏な話はどんな内容であれ把握しておくべきだわ！」

確かにこれまでキャサリンは性愛に関しての話題を避けてきた。それは亡き夫とのトラウマや、社交界でのいわれなき非難があったためだったのだが、まさかエマがここまで過剰にタブー視していたとは思わなかった。

「いいえ。キャサリン様には、清く正しい統治者でいていただければいいのです。下世話な薄汚いことなど、わたくしにお任せくだされればそれでいいのです」

「き、清く正しくって……」

なんだそれは。尼僧院の訓示だろうか。

軽く眩暈を起こしかけ、キャサリンは額に手をやった。

「そういう問題ではないわ、エマ」

「いいえ、そういう問題です。それよりも、昨日発作を起こしたばかりなのですから、今はお身体に障ります。どうぞ安静にしてお休みください」

「ちょっと、エマ！」

話はこれまでとばかりに言い捨てると、エマはドレスを翻して部屋を出て行った。

残されたキャサリンは、呆気にとられてそれを見送るしかなかったのだった。

＊＊＊

「まったく、エマの過保護もここまで来ると考えものだわ！」

キャサリンは頭を抱えつつ、自分の部屋を行ったり来たりしていた。

エマに甘やかされている自覚はあったが、まさかあそこまで過保護だとは思わなかった。

それどころか、キャサリンを神聖視していると言っても過言ではない。

——このままではいけない。

そう思う気持ちが一気に膨れ上がり、キャサリンは焦燥に駆られていた。

エマを自分から解放しなくてはならない。それはキャサリンが心の底に抱き続けてきた想いだった。だから、エマから自立しなくてはと思ってきた。だが、当のエマがキャサリンを甘やかしているどころか神聖視すらして、キャサリンがやるべき仕事を肩代わりしてしまっているのだ。

「どうしたらいいのかしら？」

エマに安心してもらえるように、自分が強くなるために。

そう呟いて窓の外を見遣った時、窓のガラスがコツリと鳴った。

「え？」

どう考えても自然に鳴った音ではない。ガラスをノックしたかのような音だった。

鴉か何かだろうか。だがここは一階で、鳥がぶつかるには低すぎる。

訝しんでいると、もう一度コツリと音がした。

恐る恐る窓に近づき外を覗き込んだキャサリンは、唐突に目の前に現れた人物に悲鳴を上げそうになった。

「ラス！」

窓の向こうに姿を現したのは、なんとラスだった。

相変わらずのくたびれた旅装で、目立つ赤い髪はマントのフードを被って隠している。

——どうやってこの敷地内に忍び込んだの!?

いやそれよりも、このハントリー侯爵家の別荘にキャサリンがいるとどうして分かったのか。

狼狽するキャサリンに、窓の向こうのラスが身振りで中に入れろと指示してくる。

どうしたものかと思案しかけて、ラスが忍び込んできたことが使用人にバレたら厄介だと気づき、大慌てで窓を開けた。

隔てるものがなくなると、ラスは満面の笑みを浮かべて開口一番にのたまった。

「やあ、一日ぶりだな、愛しい人」

何故こんなところにいるのか、と怒鳴り付けてやるつもりだったキャサリンは、その気障ったらしい台詞にへにょりと腰を折ってしまった。

「……あなたって人は……」

ガックリと肩を落とすキャサリンをよそに、ラスは滑り込むように部屋の中に入ると、手早く窓を閉めてカーテンを引いた。

「お前が男を連れ込んでいるなどという、妙な噂が立ってはいけないからな」

どうやら自分がレディの部屋に不法侵入している自覚はあるようだ。

「あなたがこんなところに来なければ、噂が立つ心配もないのですけども」

クラクラする頭を押さえながら引きつる口でキャサリンが厭味を言えば、ラスは心外そうに片眉を上げた。

「それでは俺が心配なままだ」

「はぁ？　心配って……？」

何が心配だというのか、と首を傾げれば、ラスは大きな手でそっとキャサリンの頬を撫でる。乾いた手の温かさに、胸がドキリと音を立てた。

「お前が無事だということを。昨日はずいぶんと無理をさせてしまった」

「……！　ぇ、あ、な……！」

自分に触れる手つきが、そして見つめるハシバミ色の瞳がひどく優しく、キャサリンは瞬時に顔に血が上るのを感じた。

「まだ寝間着姿だな。眠っていたのか？　よほど疲れさせてしまったようだ。お前は喘息もあるから、心配だった。華奢なお前に無体をしたな。すまない」

ラスは心配そうに形の良い眉を寄せて、キャサリンの髪を優しく指で梳く。その感触がたまらなく心地好くて、キャサリンは動揺した。

——ダメよ！　ラスとはもう会わないつもりだったのに！

この人の手を、肌を、心地好いと思ってはダメだ。

依存してはいけない。

警鐘を鳴らす自分の理性に頷き、キャサリンはその手を払った。

「ほ、本当だわ！　無理やりあんなことをしておいて！」

キッと睨みつけてそう言ったのに、ラスはニヤリと口の端を上げただけだ。

「無理やり……にしては、ずいぶんと悦んでいたようだったが」

「よ、よろこ……!?」

ラスの言葉に昨日の自分の痴態がまざまざと脳裏に甦《よみがえ》った。そしてぐうの音も出なかった。確かに悦んでいた。

キャサリンが『あなたはたいへん結構な据え膳でした。ゴチソウサマ』とでも言い放てる女性であればもう少し事態が思い通りの展開になったかもしれない。だが実際には顔を真っ赤にして「あ」でも「う」でもない呻き声のようなものをあげることしかできなかった。

このしたたかな男がそれを利用しないわけがない。

「もっとしてと何度もせがまれ、俺も年甲斐もなく頑張ったと思うんだが」

キャサリンがますます狼狽するようなことをつらつらと言い連ねる。

「げ、幻聴よ！　あなたの妄想よ！」

「だとすれば、たいそう気持ちのいい妄想だったことだ」

「き、気持ちい、い……!?」

これまで性愛に関してタブー視してきた尼僧脳が沸騰しそうだった。

「ああ、気持ち良かった。お前の中は熱くて狭くて、最高だった。是非もう一度味わいたい」

「もうお黙りなさい……!!」

とうとう音を上げたキャサリンは、両手で顔を覆ってしゃがみ込んでしまう。すると、ブハッと盛大に噴き出す声が聞こえた。顔を上げれば、ラスが大きな体軀をくの字に曲げて笑いを堪えている。

「ちょっと、何笑っているのよ!?」

「いや……本当に、お前はどうしてそんなにかわいいんだ」

「なっ……！」

この男はなんでもかんでも『かわいい』と言えば済むと思っているのではないだろうか。

けれどそれで顔を真っ赤にして絶句してしまうキャサリンがいるのだから、思われて当然とも言える。

キャサリンが魚のように口をパクパクさせていると、笑いを収めたラスは身を屈めたかと思うと、軽々と横抱きにした。

「きゃあ！」

いきなり抱き上げられ、キャサリンが小さく悲鳴を上げる。

ラスは宥めるようにキャサリンの頭の天辺にキスを落とすと、人一人抱いている重みを感じさせない足取りでベッドまで歩み寄る。そしてまるで壊れ物を扱うようにそっと下ろされた。

キャサリンの脇に自分も腰かけたラスは、ひどく優しい微笑みを浮かべてキャサリンの頬に触れた。

「身体は大丈夫か？」

直球の問いかけに、いつもの甘いからかいの色はない。こちらを見つめるハシバミ色の瞳は真剣で、彼が本当にキャサリンを気遣っているのだと分かった。

これまでエマ以外の人間に心から心配されたことがなかったキャサリンは、ラスのその目に居心地の悪さを感じて身じろぎした。

なにしろ、自分の人生には無用と、昨日で切り捨てたはずの人物だ。

もう二度と会わないつもりだった彼にこんなふうに大切なもののように扱われ、罪悪感が湧き起こってしまった。

それと同時に、キャサリンの胸に広がったのは、喜びだった。

嬉しい。ラスに心配されることが、どうしようもなく嬉しい。

抱かれた時、恋だと思った。ラスが好きだと自分で認めた。

でもそれはその時だけの仮初めの想いだと思っていた。

何故なら、キャサリンは一人で立たなければいけないから。

男は要らない。誰も信用できないから。

それでも、一度でいいから、仮初めの恋でいいから、溺れてみたかった。

一度だけと心に決め、キャサリンはあの時、自分に恋を赦したのだ。

――だめよ。

キャサリンは心の中で、必死で自制の声を上げる。

これ以上溺れてはダメ。ラスを心の中に入れてはダメ。

心を赦してはダメだ。弱くなってしまうから。

一人では、立っていられなくなる。

黙り込んでしまったキャサリンに、ラスが眉根を寄せて問いかける。

「どうした、キャス」

知らず知らず俯いてしまっていた顎を、ラスの長い指が優しく摘まんで持ち上げる。

顔を上げさせられ、しかしラスの眼差しを見たくなくて、キャサリンはぎゅっと目を閉じた。

「やめて……」

制する声は震えて、囁きにしかならなかった。

当たり前だ。こんなことを言いたくない。そう喚き立てるもう一人の自分がいて、キャサリンは泣きたくなった。

そんな自分はいてはならないのに。

「キャス？」

なおも心配そうに名を呼ぶラスに、キャサリンは首を振った。

グッと奥歯を噛んでから、ゆっくりと目を開く。目の覚めるような空色の瞳が、できるだけ冷たく見えるよう嘲笑を浮かべた。

「……やめてと言ったのよ、ラス。どうしてここにいるの？　どうして私がここにいると分かったの？」

ここ――ハントリー侯爵家の別荘に。

それはキャサリンがハントリー女侯爵であると、ラスが知っているということだ。

ラスにしてもアーロンにしても、キャサリンが良家の出だとは最初から気づいているようだったが、せいぜいどこかの貴族令嬢くらいに思っていたはずだ。まさかハントリー女侯爵だとは気づいていなかっただろう。そんな素振りは微塵も感じさせなかったのだから。

では、昨日あの高級温泉宿で気づいた？　そこまで考えて、キャサリンはふと思い当たった。

「ああ、そうか。跡をつけたのね？」

あの情事の後、ラスはキャサリンの馬車をつけたのだ。

何も答えないところを見ると、図星だったのだろう。ラスは唇を引き結んでキャサリンの顔を凝視していた。

キャサリンはその眼差しから目を逸らし、これ見よがしにクスクスと笑ってやった。

「それで？　私がハントリー女侯爵――『サキュバス侯爵』だと分かって、いい金蔓にでもなると思ったの？　だからこうしてこんなところにまでやって来たのね？　でも残念。私は無職男のパトロンになるような慈善事業には興味がないの。だから――」

もう二度と私の目の前に現れないで。そう続けようと思った口の中に甘い塊を放り込まれて、キャサリンは目を白黒させた。

「む⁉」

「美味いぞ。この地方の焼き菓子だ。卵白とアーモンドの粉を使って焼き上げるらしいんだが、レシピは門外不出でな。ここでしか味わえない」

一度口の中に入れたものを吐き出すような真似はできず、キャサリンは仕方なく目を吊り上げながらもモグモグと口を動かした。サクサクとした表面の中はしっとりとしていて、中に果実のジャムとバタークリームが入っている。

菓子は思いのほか大きく、咀嚼に時間がかかってしまったが、その間もラスは柔らかな顔でキャサリンを眺めていた。

「美味いだろう？」

その通りだったので、キャサリンは思わずコクリと頷く。

ラスは微笑みを深めて、キャサリンの身体をヒョイと抱き上げる。え、と思っている内にストンとラスの膝の上にのせられた。ふわりとラスの匂いがして、キャサリンは無性に泣きたくなった。

――どうして……泣きたくなんてなるの。

どうして、この胸に縋りたくなるのだろう。

ラスの匂いに、温もりに、どうしようもなく安堵を覚える自分がいて、キャサリンは歯を食いしばった。

込み上げる涙をこぼしてはならない。

一度こぼしてしまえば、取り返しがつかなくなってしまうから。

漏れそうになる嗚咽を堪えて息を止めていると、子供にするように揺すられた。

「良い子だ。疲れには甘いものが一番だ」

頭の上に顎がのせられ、丸ごと包み込むようにして抱き締められて、キャサリンはとうとう小さな泣き声を上げた。

「やめて……どうして、優しくなんかするの……！」

優しくしないで。触らないで。温もりを教えないで。

誰かの腕の中で、安心なんかしたくないのに。

信じたくなってしまう。

この人は大丈夫だって。私から搾取しない人だって。

私を、愛してくれる人だって。

震えながら泣くキャサリンの髪に頬擦りをしながら、ラスがなおも優しく揺する。

「愛しいからだよ。俺は、お前が愛しいんだ。だから優しくしたい、甘やかしたい、護ってやりたい」

キャサリンは泣いた。震えながら、ラスの首元に顔を埋めて。

与えられる温もりが、受け止める広い胸が、落とされる言葉のひとつひとつが、キャサリンの虚ろをゆっくりと満たしていく。

「……うそよ……」

泣きながら、満たされながら、甘えながら、それでも頭をもたげる猜疑《さいぎ》心がキャサリンに信じ切ることを赦さない。

信じたい――信じられない。

相反する想いに葛藤するキャサリンを、ラスが優しく止めた。

瞼の上に大きな手をのせられ、視界を柔らかく遮られる。

「何も考えなくていい。甘い菓子を食べてゆっくりお休み」

目を塞がれたまま、ポンポンと背中を叩かれる。本当に赤ん坊にするかのようなそれに、キャサリンはおかしくなってクスリと笑った。

「変な人ね。私は赤ん坊ではないのに」

キャサリンの言葉に、ラスもまたクスリと笑い返した。

「だが赤ん坊のように泣いている」

「赤ん坊じゃないわ……泣いてしまったのは……ただ少し、疲れていたのよ。昨夜、発作も起こしてしまったし」

さすがに恥ずかしくなってきて、言い訳のようにそう付け足せば、ラスが目隠しを取って顔を覗き込んできた。

「発作？　大丈夫だったのか？」

眉間に皺を刻んで訊ねるその顔が、自分を心配するエマとそっくりな表情だったので、キャサリンは思わず噴き出した。そのままクスクス笑い出したキャサリンに、ラスが片眉を上げて首を傾げる。

「今泣いた鴉がもう笑ったな。何がおかしかった？」

「いいえ、ごめんなさい。あなたがエマと同じ顔をするから、つい……」

「エマ？」

「私付きのメイドよ。私の腹心で、親友で、唯一の家族のようなもの」

愛想がなくて、時々容赦がなくて、けれど誰よりもキャサリンを想ってくれているエマ。

あの無表情の美貌を想い描いてキャサリンは微笑んだ。

するとラスの腕に力が篭もり、ぎゅ、と痛いほどに抱き寄せられた。

「ちょ、痛いわ、ラス！」

「……エマとやらが女性で良かった」

「はぁ？」

抱き締められているので表情は見えないが、その憮然とした声色からラスが不機嫌なのだと分かり、キャサリンは驚く。今の会話の中に、ラスが不機嫌になるような内容があっただろうか。

「男だったなら、嫉妬でどうにかなりそうだ」

唸るように落とされたその呟きに、キャサリンは二の句が継げなくなってしまった。またもやカーッと血が上り、茹で蛸《だこ》のようになった顔を隠すようにしてラスの胸にしがみつく。よく考えれば恥ずかしいことを言っている当人にしがみつくなんてと思うが、この時にはいささか混乱してしまっていて気づけなかった。

異性にヤキモチを焼かれたことなどないのだから、恥ずかしいやら嬉しいやら困るやらで、キャサリンはすっかり取り乱していたのだ。

「だっ、大丈夫よ！　エマは勿論女性だし！　そ、そうそう！　エマは何でもできる私の自慢の腹心なのよ！　頭がすっごく良くて、計算だって情報収集だってお手のものだし、薬草学にも明るくて、私の薬も全部エマの手作りなの！　きっとアーロンとも話が合うわ！」

ペラペラとどうでもいいことを喋《しゃべ》ってしまっていると分かっていたが止められない。

真っ赤な顔で喋り続けるキャサリンを、しかしラスは微笑ましそうに見下ろし、相槌を打ってくれた。

「そうか、それは凄いな」

「昨日の発作も、エマの薬で治まったのよ」

「へえ。ああ、この薬湯か？」

キャサリンを腕に抱いたまま、ラスはベッドの傍に置いてあったワゴンに気づくと、腕を伸ばしてその上の薬湯の入った器を手に取った。

「あ、違うわ。それは発作が起こる前に飲む予防用の薬湯よ。発作が出てしまった時は水薬の方を飲むの。そっちは今切らしているらしくて、エマが材料を買いに行ってるみたい」

キャサリンの説明に、ラスは「へぇ」と言いながら薬湯に鼻を近づけて匂いを嗅ぐ。そしてひどく顔を顰めるものだから、キャサリンはクスクスと笑った。

「やだ。あなた、犬みたいだわ。匂いを嗅ぐなんて」

言ってしまってから、犬などと例えが悪かったかと後悔した。実際こちらに微笑み返すラスの表情は、思ったよりもぎこちなかった。

「ごめんなさい、犬だなんて言って」

「……いや、そうじゃない……」

ラスが歯切れ悪く何か弁解しようと口を開いたが、結局何も言わずに口を閉じた。

怒らせてしまっただろうかと不安になったところで、キャサリンは自分がすっかりラスに心を赦してしまっていると気づいて狼狽した。

なんてことだろう。ラスに嫌われるかもしれないと怖がってしまっている。

こんな自分じゃいけない！

またも思考の迷路に迷い込みそうになった時、ラスからのキスを受けて現実に引き戻された。

「んっ――」

キスは激しかった。

まるで自分を刻みつけるかのように、長く深く口づけた後、ラスはキャサリンを解放した。すっかり息が上がり、くてりとベッドに身を横たえたキャサリンは、とろりと空色の瞳を潤ませてラスを見上げる。

先ほどまでの葛藤はすっかりどこかへ消え失せてしまっていた。

「ラス……」

そんなキャサリンにもう一度、今度は柔らかな優しいキスをひとつ落とすと、ラスはベッドから身を起こした。

「愛しているよ、キャス。俺は決してお前を裏切らない。覚えておいてくれ」

そう言い置くと、来た時と同じように窓からスルリと身を滑らせて出て行った。

――あんなに大柄なのに、まるで猫のような人。

ベッドの上でキスの余韻に蕩けた思考でぼんやりとそう思いながら、キャサリンはふわふわと幸せな気持ちのまま、微睡みに身を委ねたのだった。


目が覚めると、エマのきれいな顔があった。

「帰っていたの?」

夢とうつつを彷徨いながらもそう訊けば、エマが「はい」と頷いた。

「薬の材料は手に入った?」

「はい。この辺りは薬師が多いようで。山間部なので、薬草がよく採れるのでしょうね」

「そう、それは良かった」

欠伸《あくび》をしながら答えれば、エマが溜息のように笑った。

「キャサリン様はよくお眠りになっておられたようですね。もうすぐ夕食のお時間ですよ」

「あら……もうそんな時間?」

寝過ぎたのか身体が重いが、しぶしぶ身を起こす。使用人が準備してくれた晩餐を主人が食べないなど不作法をするわけにはいかない。

身支度を手伝ってもらっている時、ヘッドボードの近くに寄せられていたワゴンに目をやったエマが、ふと気づいたように言った。

「キャサリン様、例の薬湯の入った器がありませんが、どうされたのですか? 昨日の残りを入れたままだったと思うのですが」

「――え？」

キャサリンも目を瞬きながらそちらを見た。

ラスが来ていた時にはあった器が、確かになくなっている。

――ラスが持って行ったんだわ。

それは直感で、根拠のあるものではなかった。だがなんとなくそう思ったキャサリンは、咄嗟に嘘をついた。

「ああ、あなたがいない間に落として割ってしまったの」

「そうですか……。お怪我はなさいませんでしたか？」

「大丈夫よ、大袈裟ね」

たいした嘘ではない。だから何気なさを装うのも容易かった。

けれどその嘘は、喉に引っかかった小さな骨のように、キャサリンの胸にちくちくとした痛みを与えたのだった。

4章　裏切られる

指示された高級宿の一室に女が足を踏み入れた時、既に中には目当ての人物が待機していた。すらりとした体躯を上等な乗馬服に包み、一人掛けのソファに優雅に腰かけている。

左右に侍るのは部下だろう。一対の巨体は主を護る壁のようで、見るからに物騒な雰囲気だ。

女が部屋に入って来たことに気づくと、その人物は組んでいた長い脚を解き、美しい顔に極上の微笑みをのせて立ち上がった。

「やあ、お待ちしておりましたよ、チェスター伯爵夫人」

「爵位を呼ぶのはやめていただきたいわ」

女は慎重に注文を付ける。危ない橋を渡っているのは百も承知だ。

だが、この国の行く末を思えば多少の危ない橋が何だというのか。

あの何もできないお子様を王として奉るなど、言語道断。

王座にはあの方こそが相応しいのだ。

雄々しくて勇ましく、人を惹きつけてやまないカリスマの権化のような方――オーランド・アラステア・エドワード・レノックス殿下こそ。

先王がまだ幼い王太子のみを残し崩御した際、次期王には誰もがオーランド王弟殿下が相応しいと考えていた。それをあの忌々しいダグラスが邪魔をしたのだ。

何もできぬお子様を正当な王座の継承者だとほざき、ダグラス率いる派閥と、王弟殿下を奉る派閥とに、政界を二分させたのだ。争いを好まないオーランド殿下は自ら臣下に下り、レノックス公爵となり政界から身を引いてしまわれた。

結果、幼王の摂政としてダグラスが付き、そちらの派閥がのさばる情けない政府となってしまった。

――子供に政治ができるものか。

政治には力が必要だ。オーランド王弟殿下のような、他を圧倒するカリスマ性が。国を率いる王には、オーランド様こそが相応しい。

――夫が病に倒れてくれて良かった。

年の離れた夫であるチェスター伯爵は、現王派の貴族として有名な人物だ。ダグラスとは親友とも呼べる仲で、王と摂政に助力を惜しまなかった。

それを傍で見ながら、どれほど口惜しかったか！

夫とは完全な政略結婚だった。故に愛情などなかったが、真に仕えるべき人間を選び誤るその愚鈍さにずっと辟易《へきえき》していたのだ。

だが数年前に夫が病に倒れ、ようやくチェスター伯爵家の実権を自分が握ることができた。これでようやく、オーランド様のために動くことができると涙して喜んだものだ。

同志は多数いる。現王を引き摺り下ろす機を虎視眈々と狙っているが、ダグラスもばかではない。小心者は小心者なりに小細工が上手く、現政治にこれといった瑕瑾がないのも現状だ。

――瑕瑾がないなら、作るまで。

女がこうして自ら危ない橋を渡っているのは、そういった理由からだ。

賢王と称えられた先王が何年もかけて廃した麻薬、『悪魔の薬』。それが現王の治世で再びはびこる。乱れる風紀に民の不満は高まり、経済、政治に混乱をきたす。

多少の犠牲はやむを得ないだろう。すべてはあの方のために。

だがだからこそ、万全を期して物事に取り掛からなければならない。些細な事が全てを露呈するきっかけになりかねないのだから。

女の無礼ともとれる要求に、けれど相手はクスリと笑うだけだった。

「分かりました。では何とお呼びすれば？」

「ただのレディと。『堕天使ヨハネ』」

『堕天使ヨハネ』――『悪魔の薬』の売人の名前だ。

この国で十年ほど前に隣国よりもたらされ、この国を腐らせかけた麻薬『悪魔の薬』。

当時の王座にあった先王はこの事態を重く見て、国を挙げて徹底的に焼き払い、輸入を厳重に取り締まった。今やこの国は、輸入品には他には類を見ない厳しい検閲をかけている。この国で『悪魔の薬』を見ることは不可能だとさえ言われていた。

その麻薬を、どういったルートを使っているのか、最近になって再び流通させ始めたのが、この『堕天使ヨハネ』と呼ばれる人物だ。

堕天使――言い得て妙とはこのことだ、と女は内心皮肉に思った。

目の前の人物は、想像よりもずっと若く美しかった。堕ちたとはいえ、天使と呼ばれて納得できるほどの美貌の主だ。人形のように整った顔に、人を虜にする笑顔。

そして何より『悪魔の薬』で人を堕落させる堕天使。

『悪魔の薬』は、一度使えばその快感を忘れられず使い続けずにはいられない。結果、心を壊し、内臓をボロボロにされて死んでいく。薬を手に入れるために人殺しをする者も少なくない。人を人ではなくする、恐ろしい毒だ。

こんな美しい顔をして、人を躊躇《ちゅうちょ》なく壊す者が、堕天使でなくてなんだろう。

だが『堕天使ヨハネ』は心外そうに優美な眉を上げた。

「堕天使などという異名は私としては不本意なのですが」

「それこそ笑止。『悪魔の薬』の掌握者が何をおっしゃるの。人を人ならざる者へと堕落させるあなたが、ずいぶんと異なことを」

女はこの麻薬を使用しているわけでも、好んで買っているわけでもない。

ただ目的のための必要悪だと考えているだけだ。

人を生きながらにして屍にする麻薬など、本来であれば嫌悪の対象以外の何物でもない。

勿論、それを扱うこの『堕天使ヨハネ』も。

女の盛大な皮肉にも、『堕天使ヨハネ』は一切の動揺を見せなかった。

ただあくまで優雅に肩を竦め、美しい微笑みに少しの困惑を滲ませただけだ。

「これはこれは大仰な。掌握してなどいませんよ。私は、欲しがる皆様に提供しているだけの商人にすぎません」

「金になるならなんでもする、ということね。なるほど、それは悪魔の所業などではなく、強欲である人間だからこその所業ですわね」

「ふふ、その通りですよ。ですから、お金さえちゃあんと支払っていただけるのであれば、私は決して悪魔になどなりませんよ、チェスター伯爵夫人」

嫣然と笑う『堕天使ヨハネ』が再度女の爵位を呼んだのは、十中八九わざとだろう。

お前の首根っこは摑んでいる――そう、牽制するための。

女は舌打ちをすると、それ以上無駄口を叩くことなく商談へと移った。

『堕天使ヨハネ』もまた、決してスマートとは言えない女のやり方に合わせ淡々と応じる。

商談はものの数分で終わった。

そもそも女には、『堕天使ヨハネ』の提示した条件を呑む以外に選択肢はない。

忌々しげに書類にサインをすると、女は挨拶もせずに踵を返す。

『堕天使ヨハネ』は微笑みを崩さないまま、その後ろ姿に優雅に一礼をした。

「毎度ありがとうございます、レディ。またどうぞご贔屓《ひいき》に」

それはあたかも貴族そのもののような、完璧な礼だった。

女の気配が完全に消えたのを見計らって、『堕天使ヨハネ』は作り笑いを取り去った無表情で溜息を吐いた。

「亡霊への使命感にとりつかれたあのお貴族様を相手にするのも、これが限界だね」

レノックス派を気取るうつけ者は、そろそろ自分の蒔いた種から伸びた蔦に足を取られる頃合いだ。

ドサリとソファに腰を下ろした『堕天使ヨハネ』に、今は部下となった幼馴染みが低い声で伝える。

「王都では『悪魔の薬』の中毒者と売人がこぞって取り締まりを受けたそうです」

昔はストリートギャングとして共に走り回り、盗みや殺しを行ってきたこの男は、いつのまにか自分に敬語しか使わなくなってしまった。

それを淋しいと思う気持ちがないわけではない。だが、『堕天使ヨハネ』は彼らの王だ。人間を闇に引き摺り落とし得た金で創り上げた、闇の世界の麻薬王。

堕天使などとは片腹痛い。金と頭脳と恐怖が人を従わせる術だ。

誰か一人に弱みを知られれば、組織の全てが撓《たわ》んでしまう。

だから、これでいいのだ。

『堕天使ヨハネ』は感傷にもならない小さな想いを切って捨て、不敵に鼻を鳴らした。

「現王派もばかではないってか。まぁ私にしてみれば、誰が王になろうが知ったことではないが、ね。だがせっかく金の卵を産むガチョウを手に入れたのに、卵が売れなくなるんじゃ面白くはないねぇ。いずれ、なんとかしなくてはならないかな。まあとりあえずは一時撤退、だね」

＊＊＊

ラスがハントリー侯爵邸に忍んで来た次の日、大人しくベッドで横になり仕事の資料を読んでいるキャサリンに、エマが目を丸くして言った。

「何を企んでいらっしゃるのですか」

「やぶからぼうに失礼ね！」

飛んできた暴言に、手にしていた資料を破りそうになりながら噛みついた。

だがエマはまだ信じられないと呆然とした顔のまま、キャサリンの額に手をやって熱を測る。

「熱はありませんね」

「だからどうして、私が大人しくしてたらそんな態度なの！」

「ああ、申し訳ございません。ですが温泉好きのキャサリン様が、ネルヴァにいて温泉にも浸からず、そして文句も言わずベッドにいるなど、気味が悪くてわたくしともあろうものが動揺してしまったのです」

「気味が悪くて申し訳ないわね……」

罵られているというのに、エマの言うことが正論であるため反論するどころか、何故か謝る羽目になっている。おかしい。

憮然と唇を尖らせるキャサリンは、溜息をついて資料を伏せた。

「たまにはエマを安心させようと思ったのよ」

どうやったらエマが安心して、キャサリンのもとから飛び立つことができるか。ずっとそれを考えていた。

喘息持ちで身体の弱いキャサリンを、エマは過剰に心配して庇護しようとする。

それは、喘息の発作から初めてキャサリンを救ったのがエマであったのが理由なのかもしれない。

あの時に、キャサリンを護らなくては、という使命感を刷り込まれてしまったのではないだろうか。

エマが薬草学に執着し、薬草の研究に熱心なのも、きっとキャサリンの病気があったからだ。

それなのにキャサリンはいつも自分の脆弱な身体に不満を抱えていて、隙あらば健康な者のように振る舞おうとする。エマはそれを無茶だといつも諫めて、更には無理をして発作を起こすキャサリンの尻拭いをすることになるのだ。

——これではエマが心配して当たり前だわ。

今更ながらそう気づいたキャサリンは、せめてエマをこれ以上心配させないよう、自分の身体に気を遣ってみることにしたのだ。

だがその挙げ句、気味悪がられているのだから、悔しいというか情けないというか……自業自得とも言えるため、キャサリンはグッと文句を腹の中に収める。

そんなキャサリンを、エマが不思議そうに眺める。

「わたくしを安心させる、ですか？」

「そうよ。私が大人しくしてた方が、安心でしょう？」

ヤケクソ気味にそう言えば、エマはハテ、とでも言うように首を傾げた。

「大人しい方が、心配になります」

「どういうことなの……」

思わず遠い目をしてしまう。

だがエマはクスリと鼻を鳴らし、キャサリンの乱れた金の髪を細い指で撫でつけた。

「あなたはそのままでいいのです、キャサリン様」

「え……」

「今のままのあなたをお世話するのが、わたくしの生き甲斐なのですから。どうぞ、このままのあなたでいてください。それが、わたくしの安心です」

自分を見下ろすエマの翡翠の瞳が、無表情の殻を破って、ひどく優しく揺れていた。

その優しさに息を呑み、キャサリンは紡ぐ言葉を見つけられずに口を噤んだ。

――それじゃ、ダメよ。エマ。ダメなのよ……。

自分に縛り付けておくことなんてできない。

エマは飛び立つべき人だ。

そう思うのに、目の前にあるエマの優しさに、キャサリンは言葉を失ってしまった。

幼い頃から髪を梳いてくれた、慣れた手の感触。

失いたくない。

そう思う自分は間違っているのだろうか。

自分が強くなる術もエマを飛び立たせる術も分からず、キャサリンはそのまま、自分の髪を梳くエマの指を感じ続けた。


結局その日の午後、キャサリンは温泉に浸かりに行くことにした。

大人しくしていない方が安心だと言われたら、我慢しているのがばかみたいだ。

ネルヴァに滞在できるのもあと数日だ。

ひたすら温泉を堪能するのだと息巻くと、エマは湯あたりをしないようにとだけ厳命し、キャサリンをアッサリと送り出した。

大人しくしない方がいいと言った手前なのだろうが、それにしても厭味も言われず、ほのかな笑顔まで見せられて送り出されるとなんだか気味が悪い。

「あ、これがエマの言ってた気味が悪い、なのね」

なるほど、とキャサリンは手を打った。普段と違う言動をとられると、確かに何か企んでいるのかと疑ってしまうものなのだ。

ガタガタと揺れる馬車の窓の外に何気なく目をやって、流れる景色を眺めた。

遠くに見えるのはネルヴァの繁華街だ。小さな温泉街だが、保養地であることから人や金、物資の出入りはこの規模の街の割には多い。

——そう言えば、このネルヴァに来るようになってずいぶん経つけれど、繁華街へ行ったことはなかったわ。

キャサリンが使う温泉宿は雑多な繁華街から少し外れた閑静な場所にある。

目的が温泉であったせいか、自分の別荘と温泉宿との往復のみで満足していたのだ。温泉に入ると身体が疲れてしまうため、エマができるだけキャサリンの時間と体力を損なわないように配慮したのだろう。

——領地以外の場所の見聞も広めるべきよね。

そう思い立ったキャサリンは、ステッキで壁を叩き馬車を停めた。

「目的地の変更よ。繁華街へやってちょうだい」

温泉に浸かるのはその後でもいいだろう。

御者は驚いたようだったが、主人の気まぐれに大人しく従った。ハントリー侯爵家の使用人は基本的に主人に忠実で、意見する者などエマくらいだ。

想像以上の人の多さに驚いた。

付いて来ていた侍女のカミーユには馬車に残るよう言い置いて、キャサリンは小物入れと日傘を持って馬車から降りる。さすがにいかにも貴婦人な今の恰好で繁華街の食堂に紛れて情報収集をするわけにはいかないが、この繁華街がどんなものなのかをザッと眺め歩くくらいはできるだろう。

そう思い、比較的安全そうな大通りに足を向けた時、ぐい、と腕を掴まれて驚いた。

ギョッとして腕を掴む不埒者を睨みつければ、そこに壁のように立っていたのは、見覚えのある赤髪だった。

「ラス！　あなたこんなところで何をしているの？」

つくづくどこにでも現れる男だ。

けれどその姿を見た瞬間、キャサリンは自分が彼に会いたいと思っていたのだと気づいた。

昨日会ったばかりだ。キャサリンの邸に唐突に現れ、泣く子をあやすように、甘やかしてから、風のように去って行った。

よくよく考えてみれば本当に何をしに来たのだと笑えてくる。

だが、あの時甘やかしてくれたこの腕がどうしようもなく心地好かった。

ラスがどんな意図を持って自分に近づいているのか、分かっていないのに。

信じたいと思ってしまっている。

自分を愛しいと言ってくれた、ラスの言葉を。

——いいえ、もう信じてしまっているのかもしれない。

彼の姿を見ただけで、こんなにも胸が高鳴ってしまっているのだから。

ハシバミ色の目を吊り上げて睨み下ろすラスに、キャサリンは微笑みかけた。しかしラスはニコリともせず、キャサリンの腕を摑んだまま唸るように言った。

「それはこっちの台詞だ。そんないかにも金を持っていますという恰好で、供も付けずに女一人で繁華街を歩くなんて、襲ってくれと言っているようなものだ！　一体何を考えてる！」

——やっぱりこの恰好は無謀だったかしら。

キャサリンは自分の姿を改めて見下ろしてみる。

確かに一見して仕立ての良いドレスだと分かる。いつも領地でお忍び歩きをする時は、侍女が着ているような地味で簡素なドレスで変装をしているのだ。

怒りの形相のラスを見て今更ながら反省してみたが、そもそもが思いつきだったのだから仕方がない。

「だって思いつきだったのだもの」

素直に白状すれば、ラスは目を剝いた。

「思いつきだと!?」

「まぁ結果あなたに会えたんだもの。全て解決よ」

「はぁ!?」

呆気にとられているラスの肘を持ち上げ、その上にそっと手を添えた。淑女をエスコートする体勢だ。怪訝な顔のラスに、にこりと淑女のように笑いかける。

「ちょうどお供が欲しかったの。私をエスコートしてくださる？　ラス」

「エスコートって……」

「護ってくださるのでしょう？　私を」

ラスはキャサリンを護ると言ってくれた。情事の最中の戯言だとは分かっていたが、キャサリンはあえてそう言ってみせた。

信じたいのだ。彼の言葉を。

だから試すようなことを言って、確認したいのだろう。

『あなたは、大丈夫よね？』

――我ながら、ずいぶんと姑息なことをしているわ。

内心自嘲した。自分はこんなに面倒臭い人間だっただろうか。

エマを除いた誰かに執着したことなどない。全部自分にとって要らない人間だったから、何を言おうが何をしようがどうでも良かった。関心がなかったのだ。

それなのに、今やキャサリンはラスの一挙一動に反応し、確認しようとしている。

まるで嫉妬深い妻のようだ。

呆れられても仕方ない。そう思ったのに、ラスはやれやれと溜息をついたかと思うと、スッと背筋を伸ばし、肘にのったキャサリンの手をポンポンと叩く。

「いいだろう。未来の妻をエスコートするくらい、お安い御用だ」

伸びた背筋、パートナーの手をのせる肘は柔らかく差し出されており、無駄な力が入っていないその所作は完璧なまでに貴族男性のそれだ。モーニングコートに身を包んでいれば誰も彼を平民だとは思わないだろう。

――この人は、何者なんだろう。

不意にキャサリンの中に疑問が湧き起こった。

あの高級温泉宿を利用できるところを考えれば、金には困っていないようだ。だからといって、貴族か商人かといえば、そうは見えない。アーロンの店で見かける彼はいつも少しくたびれた旅装で、根無し草のようにふらふらとしている。

だが今見せているこの板についた所作は、一朝一夕に身に付くようなものではない。優雅でこなれた動きは、彼が生まれながらの貴族でなければできないものだ。

隙のない動きに、彼が軍人なのではと考えたこともあった。だが軍人にしては暇を持て余し過ぎている。こんな温泉街をフラフラしていられる軍人など聞いたこともないから、違うのだろう。

――元貴族なのかもしれない。

落ちぶれてしまい、借金のためにその爵位を売る貴族がまれにいる。あるいは罪を犯して爵位を奪われる者も。そういった貴族の家族もまた当然ながら貴族社会からは排除される。ラスもそういった類の人なのかもしれない。

そんなことを考えながら眺めていると、視線に気づいた彼がニヤリと笑った。

「なんだ？　見惚れているのか？」

いつものからかうようなそれに、キャサリンはいたずら心が湧いてきた。

――真っ赤になって慌てるばかりだと思ったら大間違いよ。

だからニヤリとしているその頬に、サッと自分の唇を押し当てる。

目をパチクリさせるラスに、キャサリンは嫣然と微笑んで言い返す。

「ええ、あなたがあまりに素敵過ぎて、つい見惚れてしまったのよ、愛しい人」

『愛しい人』と、ラスがよく使う呼び名を使った。思いの外しっくりときたそれに、キャサリンは心の中で泣きたくなった。

手遅れだ。

――もう、私はラスを愛してしまっているんだわ。

ラスは一瞬呆けたようにパクパク、と口を動かした。

その間抜けな表情に満足したキャサリンは、大きく眉を上げてラスを促す。

「さあ、行きましょう？　見たいものがたくさんあるのよ！」

やがて自分を取り戻したのか、ラスがまたニヤリと笑った。

「いいね、どこまでもお付き合いしますよ、マイレディ」

繁華街は賑わいを見せていた。

雨の多い初夏とあって保養のシーズンから外れているため混雑するほどではなかったが、山間部の田舎としては人通りが多い。

大通りには食べ物や飲み物、装飾品や小物、この辺りの動植物で作った民芸品などの露店が立ち並び、各々の店主たちが通る人々に威勢のいい呼び声をかけている。

「すごいのね！」

普段自領を出ることのないキャサリンには、観光地の賑わう様子はとても新鮮だった。

大きな港町である自領に比べればここの賑わいは大人しいものだったが、それでも心がうきうきと弾んでしまう。

「あまりはしゃぎ過ぎるなよ。また発作が出るぞ」

「大丈夫よ。今日は発作止めの薬も持って来てるから」

キャサリンが答えれば、ラスは途端に眉間に皺を寄せた。ガシっと肩を掴まれ険しい表情で顔を覗き込まれる。

「あの薬湯のことか!?」

あまりの剣幕にビックリして、キャサリンはふるふると首を振った。

「ち、ちがうわ。あの薬湯は発作予防って言ったでしょう?」

「発作、予防……？　つまり、発作の前に飲むということか？」

「そ、そう。発作が起こった時にはこちらの水薬を飲むのよ」

思わず小物入れの中からいつもの水薬の小瓶を取り出してラスに見せた。

ラスは差し出された遮光瓶を受け取り、その蓋を開けて匂いを嗅いだ。

発作止めの薬独特の苦い匂いがキャサリンの鼻腔にまで届く。この薬は良く効くが、苦いのが玉に瑕《きず》なのだ。

「……苦そうだ」

鼻に皺を寄せた顔でそんなことを言うから、キャサリンは驚きも忘れて笑い出してしまった。本当になんでも匂いを嗅ぐ男だ。

「あなたって匂いを嗅ぐのが癖なの？　本当に犬みたいな人！」

ラスは小瓶に蓋をしながら眉を上げたが、すぐにニヤリと口の端を上げる。

「同じ犬でも、嗅ぐならお前のような甘い匂いがいい」

耳元で低い声で囁かれ、キャサリンは顔を真っ赤にした。

「も、もうっ！　こんな往来で、やめてちょうだい！」

ラスの持っていた瓶を奪い返して小物入れにしまいながら、キャサリンはプンスカと怒ってみせる。そんな彼女に「かわいい」と囁いて、ラスは豪快に笑う。

ふくれっ面をしてみせながらも、キャサリンは嬉しかった。

半分遊ばれているのだと分かっていても、ラスにかわいいと言われれば心が舞い上がる。

恋をしているのだ。自分は。

それを情けないと思う自分と、幸せだと思う自分がいる。

——今は、幸せだと思っていたい。

得体の知れない男を愛してしまった代償は、いつか支払わなくてはならないのだろう。

だがラスといられる今だけでいい。

この幸せを思い切り享受したい。

だからキャサリンは「間違っている」と警鐘を鳴らす自分をそっと心の奥に閉じ込めることにした。

「ラス！　あっち！　あのブローチ、とても素敵だわ！」

あちらこちらに足を進ませるキャサリンの腕を、ラスがしっかりと摑んだ。

「はぐれないでくれよ。まったく、危なっかしいお嬢さんだ」

やれやれと大きな肩を竦めるラスの横顔を横目で見ながら、キャサリンはクスクスと笑う。

浮かれていると、自分でも分かる。

——きっと、隣にラスがいるからね。

自分の気持ちに素直になってしまえば、己の感情の機微を捉えるのは驚くほど容易だ。

好きな人と過ごす時間が嬉しい。

同じことをしていても、ラスと一緒だと感じ方がまったく違うのだから、恋とは不思議

で、同時に恐ろしいものだ。

　こんなに浮かれてばかみたいだと分かっているくせに、幸せだと感じてしまうのだから。

　恋とは、なんて単純で、複雑で、手に負えないものなんだろう。

　そんなふうにはしゃぎながら街中を二人で見て回っていると、キャサリンのお腹が音を鳴らした。普段空腹を感じる前にエマが軽食を用意してくれるため、自分の腹の虫の音に少し驚きながらぽつりと呟く。

「ラス、私、お腹が空いたわ」

「ええ？」

「喉も渇いたみたい」

「まったく、ワガママだな、俺の恋人は！」

　そんなふうに文句を言いながらも、ラスは笑っている。楽しそうだ。

「あなたって、ワガママを言われているのに楽しそうね」

　不思議に思って訊ねれば、ラスは驚いたように目を丸くした。

「そりゃ、好きな女に言われるワガママなら嬉しいに決まってるだろう」

　こともなげに言われ、今度はキャサリンが目を丸くする番だった。

「嬉しいの？　どうして？」

　ワガママは面倒臭いものだろう。エマだって、キャサリンがワガママを言えば困った顔をする。大抵のことは叶えてくれるけれど。

ラスは一瞬目を見開き、まじまじとキャサリンを見た。

え、なんだろう、と見つめ返せば、ラスはキャサリンの頬にかかった髪を指で撫でつけて、少し苦い笑いを見せた。

「お前は……本当に、何も知らないんだな。無垢で、駆け引きも知らない。その立場にあってどうして今まで無事にやってこられたのか不思議でならないよ」

また物知らずと言われた。

ムカッとして眦を吊り上げる。

物知らずなつもりはない。こちとら腐ってもハントリー女侯爵なのだ。病持ちである故に表舞台に立つ機会は少ないが、それでもエマに支えられながら領地を治めて来たのだ。

「またばかにして！」

「ばかにしてない。かわいいと言ってるんだ。だが、少々無防備過ぎるな……。そんなふうに無防備でいるのは、俺の前だけにしてくれよ」

ふわりと微笑で返され、キャサリンは怒りが瞬時に霧散するのを感じた。

怒りではなく顔が赤くなってしまい、誤魔化すようにプイっと顔をそむける。

そんなふうに微笑まないでほしい。

ドキドキと心臓が早鐘を打って、苦しい。

その行動を怒っているからと捉えたのか、ラスが機嫌を取るようにクシャリとキャサリンの金の髪を撫でた。少しカサついた皮膚の感触がこめかみを掠め、すぐに離れていく。

離れた手に、キャサリンはキュッと唇を噛んだ。

——もっと撫でてくれたらいいのに。

もっと触っていてほしい。

ずっと触れていたい。ずっと傍にいてほしい。

自分がエマ以外の誰かにそんな感情を抱くなんて、思ってもいなかった。

その事実に内心慄いていると、離れて行ったラスの手がキャサリンの腰を攫って引き寄せた。

「さぁ、ハラペコお嬢さん。お望み通り、腹ごしらえと参りますよ」

「まぁ」

ハラペコだなんて、と文句を言いかけた時、またもやお腹が音を立てた。

キャサリンはそのタイミングの良さに思わずラスと顔を見合わせて、次の瞬間に声を上げて笑い合った。

「この先に美味い飯屋があるんだ。ご案内いたしますよ」

「ふふ、今なら牛一頭でも食べられそうよ！」

軽口を叩き合いながら、ラスがキャサリンに向かって手を差し出す。キャサリンは微笑んで、躊躇《ためら》いなくラスの手を取った。

貴族であるならば連れ添って歩く場合、女性の手は男性の腕に添えるのがマナーだ。

だがラスはキャサリンの手を腕には持って行かず、指を絡ませ合うようにして握りしめ、そのまま歩き出した。

手を繋いで歩く。年若い庶民の恋人たちがよくやっている光景だ。

キャサリンはそのマナー違反に気づいていたが、何も言わず、自らもラスの手を握る指に力を込める。

乾いた温かい手に覆われる感覚が愛しかった。


ラスに導かれ路地裏への脇道に入ろうとした時、キャサリンの視界にそれは入った。

「あ……」

脇道の陰に、汚い身なりの痩せこけた女性が蹲《うずくま》っている。

物乞いだ、とすぐに分かった。自領にも存在しているのを知っているからだ。他国からの金が入り込むノースポートを抱えるハントリーは豊かな土地だが、その分貧富の差も大きい。

領主であるキャサリンにとって見過ごせないことではあるが、身分差が存在するこの国で貧富の差をなくすなどそもそも不可能であるし、困窮する層をなくすにはまだまだ時間と労力そして財力が必要だ。

ネルヴァという貧富の差が比較的小さそうな穏やかな田舎町にまでも、と思わず立ち止まって見つめていると、その物乞いと目が合ってしまった。

――しまった。

そう思った時は既に遅かった。

物乞いは濁り血走った目でキャサリンを睨み上げると、棒切れのような腕を驚くほど速く伸ばして、キャサリンのドレスの裾に縋りついたのだ。

「寄越せ……！　金を寄越せぇええ！」

「きゃぁっ！」

キャサリンは悲鳴を上げて身を竦ませたが、物乞いの力は驚くほど強かった。

そのまま引き摺り倒されるかと思った瞬間、力強い腕がキャサリンの身を引き上げて抱き寄せた。

「大丈夫か！」

ラスだった。ラスはまだキャサリンのドレスを摑んでいる物乞いの両手首を手刀で叩き落とすと、キャサリンを自分の背後に庇った。

だが物乞いは気が触れているのか、尋常ではない目つきで再びキャサリンに襲いかかろうとする。

「寄越せ……！　薬を買うんだ、金を寄越せ！」

「チッ！」

ラスが舌打ちをして物乞いの腕を払う。怪我をさせないように配慮した動きだとはた目からも分かった。ラスの大柄な体軀で本気を出して相手をすれば、この痩せこけた女性などひとたまりもないだろう。

キャサリンはラスの背後で怯えながらも、物乞いの姿を凝視した。

骨と皮のような腕には発疹と赤黒い皮下出血が見え、「金を寄越せ」と喚き散らす口からはひどい口臭が漂う。

どう考えても、普通ではない。

ただ貧しいだけではこうはならない。

――この女性に、何が起きているの……!?

キャサリンが半ば呆然としている間も、物乞いがこちらへと伸ばす手は止まらない。いい加減焦れたラスが物乞いの腕を背中で捻り上げ押さえ込んだ。

「くそ……！　こんなところにまで『悪魔の薬』が……！」

ひどく苦々しげに呟くラスを、キャサリンは呆然と見ていた。

騒ぎを聞きつけたのか、この町の自警団らしき男たちが集まって来た。

「何をしている！」

「あんたたち、大丈夫か！」

「中毒者だ。嚙みつく恐れもあるから気をつけろ」

ラスが拘束から逃れようともがいている女を顎で指し、自警団の男たちに注意する。

男たちはラスに取り押さえられている女を確認すると、すぐさま捕縛用の縄を取り出して拘束した。

女は最初こそ錯乱したかのように大声を上げて暴れたが、やがて事切れたように静かになって動かなくなった。

キャサリンは心配になり、ラスの背後から顔を出して女の様子を窺いつつ訊いた。

「あの人、大丈夫なの？　死んだりしていないわよね？」

するとラスは呆れた顔で溜息をついた。

「襲った奴の心配をするなんて、どこまでお人好しなんだ」

また物知らずだと言われているようで腹が立ったが、助けてもらった手前文句は言えない。

キャサリンはいささか憮然としつつ言った。

「だってあの人、どう考えても様子が普通ではなかったわ。錯乱しているのか、物事をちゃんと把握できていないようだったし……あの痩せ方も、顔色も、皮膚の状態も、全部おかしいじゃない。病気なのだったらちゃんとお医者様に……」

「『悪魔の薬』だ」

言い募るキャサリンを遮るようにラスが放った一言に、キャサリンは押し黙った。

『悪魔の薬』――キャサリン自身も噂で聞き、探っていた禁忌の麻薬。

先ほどラスが呟いた言葉を、まさかと思ったが、やはり聞き間違いではなかったようだ。

だが王都で流行っていると聞いていた。そしてそれが自領であるハントリーにも入って来たのではと危惧して探っていたのだ。王都にもハントリーにも、『悪魔の薬』の入口となる大きな港があるからだ。

——それなのに、何故ネルヴァに？

ネルヴァは内陸だ。隣国と直接の繋がりなど持ちようがない。

「……最近、王都で流行っているという噂を聞いたわ……」

青褪《あおざ》めるキャサリンに、ラスが厳しい顔つきで頷いた。

「ああ。一度使えばその快感を忘れられない。使い続けずにはいられず、結果心を壊し、内臓をボロボロにされて死んでいく。『悪魔の薬』を手に入れるために人殺しをする者も少なくない。人を人ではなくする、恐ろしい毒だ」

ラスの説明にキャサリンはぶるりと身を震わせた。『悪魔の薬』がどのような被害をもたらすかは、文献を読んで知っていた。だが実際に中毒者を見たのは初めてだった。

物乞いの女はほとんど狂っているように見えた。

人を人ではなくする——まさにラスの言葉通りの現実を目の当たりにし、その惨さに怒りが湧いた。

「なんて、ひどい……！」

呻くように漏らされたキャサリンの呟きは、女を捕縛した自警団の男の声に遮られた。

「あんたたち、大丈夫だったか？　俺らはネルヴァの自警団だ。少し話を聞かせてもらってもいいかい？」

振り返れば、中年の人の好さそうな男がポリポリと頭を掻きながらこちらへ歩み寄って来ていた。ラスとキャサリンを一瞥し、服装から高貴な身分と判断したのか、まずはキャサリンに帽子を取って頭を下げた。

「俺はハリス・マッカートニーと言います。一応ここの自警団の副長でしてね。すみませんね、レディ。怖い思いをさせちまって」

キャサリンは首を振って答えた。

「いいえ。私の方こそ不注意な行動を取ってしまって」

物乞いと目を合わせたことを後悔してそう言えば、ハリスと名乗った男は一瞬瞠目し、それから皮肉気に笑った。

「いやぁ、まあ、ねぇ。物乞いにお慈悲をとお思いになる高貴な御方は結構いらっしゃるもんでね。でもまぁ本音を言えば、そんなおきれいな恰好で、むやみやたらにああいった類と関わろうとするのはやめた方がいいですよ。みんながみんな、あんた方の施しを涙流して喜ぶわけじゃない。中にはお貴族様を恨んでるのも少なくないんだから」

慇懃《いんぎん》な態度ではあるが辛辣な内容に、キャサリンは驚いて目を見開いた。

言外に浅慮《せんりょ》だと言われているも同然だ。

キャサリンとしても、何も施しをしようとあの物乞いを見ていたのではないし、物乞いに何の準備もなく近づくほどキャサリンは愚かではない。

だが一目で高貴な身分と分かるキャサリンが物乞いに襲われたという事実から、そう判断されてもおかしくないのだろう。

だがそれにしても、このハリスという男の言い草はあんまりではないだろうか。恐らく貴族に対して良い感情を抱いていないのだろうが、もう少し婉曲的であってしかるべきだろう。

キャサリンが唇を引き結んだ時、男の目からキャサリンを隠すようにしてラスが割り込んできた。

「彼女は施しをしようとしたわけじゃない。ただ通りすがりにいた物乞いに目を留めただけだ」

大柄なラスが前に出て来たことで、ハリスも自分の言動が行き過ぎていたことに気づいたのか、バツが悪そうに頭を掻いた。

「……申し訳ない、最近どうもあの手の中毒者が増えててね。厄介事も頻発だ。ちょっとイライラしちまって、どうもすみませんね、レディ」

「いえ……でも、中毒者が増えてって、この内陸地のネルヴァで？　中毒者というのは、『悪魔の薬』の、ということでしょう？」

キャサリンの疑問にハリスが眉を上げた。

自警団の副長だというくらいだ。『悪魔の薬』がどういったもので、どういう経緯でこの国に渡って来るのかを理解しているはずだ。

だからこそ、いかにも貴族のご婦人というなりのキャサリンが、穿った質問をしてきたことに驚いたのだろう。

「ああ……港もないのに、最近何故かこんな辺鄙《へんぴ》な温泉街で、『悪魔の薬』が出回ってるんだよ。まぁ、王都ほど数は多くないようだがね」

「どうして、こんな田舎町で……？」

『悪魔の薬』は隣国からしか手に入らない。つまり港を経由しているはずだ。

ここに出回っているとなれば、考えられるのは、このネルヴァがなんらかの理由で『悪魔の薬』の中継地となっているということだ。

隣国との入口である港から、このネルヴァを経由し、王都へ。

だが内陸地で、しかも山に囲まれたこの土地を中継する理由が見当たらない。

各港から王都への道は整備されており、比較的輸送が容易である。

ただでさえ『悪魔の薬』は水薬で、運ぶのに多大な労力を要する。わざわざ道の悪い山間部を経由させ王都へ運ぶメリットとは何なのだろう。

考え込んだキャサリンに、ラスが淡々と言った。

「この国は一度『悪魔の薬』の完全排除に成功している。そしてそのために、輸入を厳重に取り締まっている。今やこの国は、輸入品には他には類を見ない厳しい検閲がかけられている。だが、どこからか、漏れている」

硬い声色に、キャサリンはラスを振り仰いだ。

ラスはいつもの笑みを浮かべてはいなかった。

無機質な、冷厳な眼でこちらを見下ろしていた。

――この男は、誰……？

これは自分の知っているラスではない。こんな冷たい目をした男は、知らない。

キャサリンは半ば呆然とその冷たい眼差しを見つめ返した。

「漏れる――言い換えれば、国を挙げて厳戒態勢を取っているその検閲の目を掻いくぐるには、何が必要だと思う？　キャサリン」

問われ、キャサリンは首を横に振った。

初めてラスに愛称以外の名で呼ばれたと思いながら。

「権力者による、媒介だよ」

「……けん、りょくしゃ……」

鸚鵡返しをすれば、ラスが小さく笑った。

ハシバミ色の目が伏せられ、色が見えなくなる。

「そう。権力者――更に言えば、検閲を任されている人間だとなおのこと話が早い」

「――！」

検閲を任されている――つまり、港に着く荷の検閲を任されている、その土地の領主だ。

そしてこの国第二の港ノースポートの検閲を任されているのは、ハントリー侯爵であるキャサリンだ。

「あなた……何者なの、ラス」

――この男は、一体、誰。

喘ぐように訊ねながら、キャサリンは今初めて目の前の男を怖いと思った。

ラスはキャサリンがハントリー女侯爵だと知っている。知っていての、今の発言なのだ。それはあの温泉宿での一件から、ラスがキャサリンの跡をつけることで正体を知ってしまったからだと思っていた。

——でも、違う。

キャサリンは微笑まないラスの表情にそう確信した。

その無表情の奥にあるのは、懐疑だ。

疑われていたのだ——『悪魔の薬』の媒介者として。

——でも、何故。

何故ラスが『悪魔の薬』の売人を追うのか。この男の目的は何なのか。

キャサリンとラスの会話を黙って聞いていたハリスが、唐突に「あれっ」と声を上げた。

「ラスって、あんた、どっかで見た顔だと思ったら、ラスティ総督ですか!?」

それまでとは打って変わった物言いにキャサリンが眼をやれば、ハリスが興奮した面持ちでラスに握手を求めていた。

ラスの方は無表情のまま応じているが、ハリスの言葉を否定しなかった。

「まさかあなたにこんなところで会えるとは！　てっきり王都にいらっしゃるんだとばかり思ってましたよ！　いやぁ、各地に点在する我々自警団をひとつにまとめ、その地位を確固たるものにしようというあなたの活動に、我々も勇気をもらっているんですよ！　なにせこの国は偉そうにふんぞり返るだけでちっとも動こうとしない、腰の重いお貴族様に治安判事なんかをやらせてる。現場を走り回って問題を解決してる我々には何の権限もなく、何の見返りもないときた。我々はずっとあなたのような人を待っていたんですよ！」

ハリスは握ったラスの手をブンブンと振り回し、早口で上機嫌に捲し立てる。

キャサリンは次々に与えられる情報に、軽く眩暈を覚えながら、脳の中で整理していく。

自警団は公的な組織ではなく、あくまで民間の有志によって存在し、各地の治安維持のための活動を行っている団体だ。故に法律でもって罪人を裁く権限はなく、それを持つのは治安判事を兼任するその土地の領主だ。

ここに大きな矛盾が生まれる。根本的なことを言ってしまえば、自警団には罪人を捕らえる権力もないのだから。

法を担うはずの領主がその責任を全うしなければ、多くの罪は裁かれず放置されたままとなる。自警団が治安維持のためにどれほど骨を折っても無駄骨となるのだ。

これについてはキャサリンも問題視はしていた。いずれどうにかしなくてはならないと。だが、恥ずかしながら未だ何もできていないのが現状だ。

「ラス……総督って、それって」

自警団は罪人を捕らえる者。そしてラスは、各地に散らばる曖昧な団体でしかなかったそれらをまとめ上げ、組織化しようとしているリーダーということだ。

「そう……そう、だったのね……」

溜息のように言葉が転がり落ちた。

――だから、私に近づいたのね。

出会ってからこれまでの記憶が走馬灯のように甦る。

自領の花街で出会った。

発作を起こしたキャサリンを助けてくれて、それから少しずつ仲良くなった。

キャサリンを物知らずだとからかうラスとアーロンが好ましくて、時に本気で怒ってくれて。そんなふうに自分を怒ってくれる人など、エマ以外に知らなかったキャサリンは、とても嬉しかったのだ。

陶器の髪留めをくれた。

キャサリンは何ひとつラスにあげたことはなかったのに、ラスはお土産だと言ってくれたのだ。見返りを求めない贈り物に、本当にびっくりして、どうしようもなく嬉しかった。

もらった髪留めを、大事にしようと思った。エマに見つかって根掘り葉掘り聞かれないように、母の形見の宝石箱の中に入れて、こっそりと本棚の奥にしまいこんである。

そして、このネルヴァで偶然に出会って、彼に抱かれた。

男など敵だとしか思っていなかったキャサリンが、ラスに、どうしてそれを赦したのか。

――いつの間にか、私の心の中に入り込んでいたのだ。

それも、計画的に。

おかしいはずだ。あの行き届いた温泉宿で、貸切の湯殿に二重に客を取るなど、迂闊《うかつ》な真似をするわけがない。あの宿とラスは共謀していた――あの宿の女主人が買収されたか、もともと仲間だったかは分からないが、ともかく示し合わせてのことだったのだろう。

それだけではない。

あの自領での出会いすら、もしかしたら計画されてのものだったのかもしれない。

「あなたは私のことを疑っていたのね？」

『悪魔の薬』を媒介する貴族ではないかと。

単にからかいだと思っていた、意味深な甘い言葉や誘い文句、そしてあの髪留めすらも、全部キャサリンを籠絡し、情報を得ようとする罠でしかなかったのだ。

――そして間抜けなことに、私はまんまと罠にはまってしまったというわけね。

物知らずと言われ、腹を立てていた自分が情けない。

その通りではないか。世間を知らず、男を知らず、だがそれらを目の敵にすることで身を護っていた。少しでも気を緩めれば、このざまだ。

さぞかし容易い標的だっただろう。

何も知らない子供のような女など。

――だから、ダメだったのに。

どうして、信じてしまったのだろう。信じてはいけないと、どうせ裏切られるだけだと、そう心に誓ってきたというのに。

父に、夫に、世間に裏切られてなお、どうして信じようと思ってしまったのか。

ゆらり、と一歩、ラスから後ずさるようにキャサリンが距離を取る。

その顔は蒼白で、見開かれた空色の瞳の焦点は虚空に定められている。

「キャス」

ともすれば倒れてしまいそうな風情に、ラスが眉を顰めてその細い上腕を掴んだ。大きな手はキャサリンの二の腕を一周してしまう。自分の体重を力強く支えた彼の手を、キャサリンはぼんやりと眺める。

「放して」

「キャス、聞け。確かに最初はお前を疑っていたが、今は違う。俺はお前を信じる。だが、お前の周辺で『悪魔の薬』に関わっている人間がいるかもしれないんだ」

「——ふふ」

ラスの言い訳めいた台詞に、思わず嘲笑が漏れた。

『信じる』——なんて、実のない言葉だろう。

何を信じるというのか。

キャサリンを？　最初から疑っていたくせに？　今更？

「信じるって、何故？　抱いたから、情が移ったとでも？」

キャサリンの抑揚のない声に、ラスが押し黙る。

これまで無表情を保っていた男の瞠目に少しばかり胸がすいて、キャサリンは微笑んだ。

「だとしたら、自警団の総督ともあろう者が、ずいぶんとお手軽だこと」

クスクスと、できるだけ婀娜《あだ》っぽい仕草で髪をかき上げながら笑う。

だがラスが痛ましいものを見るかのように眉を寄せたのを見て、更に腹立ちが増した。

「やめろ、キャス」

「誰に向かって命令しているの、無礼者」

ぴしゃりと一蹴すれば、その場の空気が凍ったのが分かった。

突如醸し出したキャサリンの貴族的な高圧感に、貴族嫌いの自警団員たちが反応しないはずがない。

自分に向けて敵意の篭もった視線がいくつも飛んでくるのを肌で感じたが、キャサリンは怯まなかった。

腕を掴まれたまま、自分を見つめるラスの切れ長の双眸をひたと見据える。

「私を疑いたいなら疑いなさい。ただし、上位貴族であるこのハントリー侯爵キャサリン・ローレンシア・ゴードンを罪人扱いすること、それ相応の覚悟をしてのことでしょうね」

キャサリンの言葉に、周囲の男たちがわずかにどよめく。ハントリーはそれだけ大きく豊かな土地であるからだ。ハントリーの経済力はこの国の豊かさと比例している。ハントリーが栄えればこの国も栄え、ハントリーが貧しくなればこの国も貧しくなるのだ。

まさかキャサリンがそれほど大きな力を持つ貴族だとは思わなかったのだろう。

社交界から遠ざかっているとはいえ、経済力をもってしてキャサリンが圧力をかければ、平民であるラスを追い詰めることなど、正直言って容易い。

──勿論、そんなばかげたことをするつもりは毛頭ないけれど。

しかしキャサリンの名は自警団員たちの戦意を削ぐには十分だったようだ。向けられるあからさまな敵意は弱まったが、ラスだけは態度を変えなかった。

キャサリンの台詞に、「そうじゃない」と首を振る。まるで聞き分けのない子供にするようなその仕草に、キャサリンの苛立ちが募った。

キャサリンが往来で自分の素性を明かしてしまったことを危惧《きぐ》したのか、ラスはハリスに暇《いとま》を告げた。

「悪いな、ハリス君。後でまた事務所の方へ顔を出すから」

「いや、こっちこそ足止めをしてすみません。ウチは全然構いませんから、無理しないでくださいよ。あの物乞いはちゃんと町医者のところに連れて行っときますから」

ハリスはまた頭を掻きながらそう言って、今度はキャサリンの方へ視線を寄越した。

「あの、お嬢さんも、すみませんでしたね。怖い思いをしたってのに、なんか……」

言いにくそうに語尾を濁して、ハリスは他の団員を促してその場を去って行った。

あえてキャサリンを侯爵扱いしなかったのは、ラスの配慮を立ててのことだろう。

彼らにしてみれば、話の流れからラスとキャサリンが痴話喧嘩をし出してしまった、という認識だろうが、それでもその内容がキナ臭いことくらい理解しているだろう。

それを踏まえた上でなんともなかったように振る舞うのは、多分ラスに全幅の信頼を置いているからだろう。ラスに任せておけば問題はないと考えているのだ。

ハリスにしても他の自警団員にしても、『ラスティ総督』であるラスに向ける眼差しには賞賛と尊敬の念が込められていて、それを隠そうともしていない。

『ラスティ総督』は彼らにとって、よほどカリスマ性のある人物なのだろう。

――なにを他人事のように。自分だって、そのカリスマ性とやらにまんまとやられたくせに。

そう自嘲が込み上げてきて、キャサリンは唇を噛んだ。

するとラスの手が伸びてきて、節だった親指がキャサリンの下唇を歯から護るようにそっと押さえた。

「噛むな。傷がつく」

まるでキャサリンを気遣うような物言いに、鼻の奥がつんとして、同時に腹が立った。

「触らないで」

「おいで。歩きながら話そう」

キャサリンの拒絶を無かったものにして、ラスは攫うようにして細い腰を抱くと、強引に歩き出してしまう。歩幅の広いのラスの歩みに足をもたつかせたキャサリンは、ラスに抱き抱えられるようになってしまった。それをいいことに、ラスは自分の行きたい方向へずんずんと進んでいく。

「放して！」

「し！　いい子だから黙ってろ。ちゃんと話ができる場所に行くから」

そんなもの、こちらの知ったことじゃない。

いいようにされてなるものかと腕を振り回して暴れると、ラスは人気のない場所まで移動し、ようやくそこでキャサリンの腰から手を放した。

今だ、と逃げようとしたが、走り出す前に腕を摑まれてしまう。

キッと睨みつければ、困ったような溜息が降ってきた。

「キャス。お前を疑ってはいないと言っただろう。事態はお前の周辺だけには留まらない。まだ幼い現王を廃し、先の王の弟であるレノックス公爵を擁立しようとする一派が絡んでいるんだ。下手をすればお前も紛争に巻き込まれる恐れがあるんだ」

キャサリンはとうとう笑い声をあげた。

よりにもよって、こんな場面で、自分を心配しているだなんて嘘を！

「誰がそれを信じるの！　あなたは最初から私を騙していたのに？」

「キャス。それは悪かったと思っている。だが俺の立場では」

「あなたの立場！　そうよね！　その通り！　ホラ、あなただって私を信じてるなんて嘘じゃないの！　私を疑うのには理由があるんでしょう？　それを払拭するほどの何かがあるとでも!?」

笑いながら、ラスに摑まれていた腕を振り払った。思ったよりも簡単に解けたと思ったら、今度は肩を摑んで引き戻される。引っ搔いてやろうと顔を上げて、息を呑んだ。

こちらを見下ろすハシバミ色の瞳が、怒りで燃えていた。

「お前はそんなことができる人間ではない！」

不覚にも泣きそうになった。

――やめて。どうして、今更そんなことを言うの。

泣くものか。こんな男の裏切り程度に、そしておためごかしの口先三寸に、この『サキュバス侯爵』が流す涙など存在しない。

奥歯をグッと噛み締めて、キャサリンは目を眇める。

だがまだ声は出せなかった。今出せば、確実に涙声になってしまう。

黙ったままのキャサリンに、ラスが静かに続けた。

「王都で麻薬を売りさばいていた者を取り締まったが、大元を捕まえられていない。尋問にかけた売人が『堕天使ヨハネ』と呼ばれる者が『悪魔の薬』の掌握者だと吐いたが、実際にどんな人物であるのかは知らないようだった。だが、『堕天使ヨハネ』と取引したという貴族が薔薇の紋章の入った封筒を落としたのを見たという証言を得たんだ。この国で紋章に薔薇を使っているのは、チェスター伯爵家と、ハントリー侯爵家だけだ」

チェスター伯爵家と聞き、キャサリンは頭の中にある情報を探る。

確か領土は南の方の内陸地だ。当然ながら、他国へと繋がる港は、ない。

――なるほど。それで、我が家が疑いをかけられたということか。

頭では納得はした。

だが頭と心は別のものなのだろう。

ラスへの不信感と怒り。何よりも情けないことに、哀しみは、消えなかった。

自分の脆弱な心を振り払うようにして、キャサリンはグッと腹に力を込めて声を張る。

そうしなければ、四肢が戦慄きそうだった。

「結構。あなたが我がハントリー家へ疑いをかける理由は分かりました。ですがその疑いは事実無根だわ」

そうでしょう？　と、嘲るようにラスを見上げる。

ラスは眉根を寄せた渋面のまま、固く口を引き結んでいた。

「薔薇の紋章が当家のものだったのですか？　いいえ、それどころか、本当に薔薇だったの？　薔薇に見えるモチーフはたくさんあるわ。四つ葉も、ひょっとしたら芥子《けし》だって。それ以外に『悪魔の薬』と当家が関わっているという証拠は？　我が領地のノースポートの荷から『悪魔の薬』が出たとでも？　ないわよね？　そして当家はレノックス派ですらない。私にとって、施政者が現王であろうが前王弟であろうがどうでもいいことだもの！」

ひとつひとつを列挙しながら、キャサリンは自分の弁が正しいことを頭の中で確認していく。

そうだ、自分の言っていることに瑕瑾はない。

ラスの言ったことはすべて、状況が指し示す方向にハントリー領主であるキャサリンがいるという事実だけだ。何の証拠にもなりはしない。

当たり前だ。事実、キャサリンは『悪魔の薬』になど関わっていないのだから。

堂々としていればいい。胸を張って、己には何もやましいところはないのだと。

そう思い空色の眼差しをまっすぐにラスへと向け、スッと背筋を伸ばした。

キャサリンの挑むような視線を受け、ラスは難しい顔で腰に手を当て、小さく息を吐く。

「だが状況が悪い、キャス。お前は何故この時期にこのネルヴァに現れた？」

「……え？」

キャサリンは意表を突かれて口を噤んだ。

どういうことだろう。

この時期に、ネルヴァ？　確かに湯治にも避暑にも季節外れの初夏ではある。

きょとんとしていると、ラスは険しい表情のまま低い声で告げた。

「俺はここで『堕天使ヨハネ』が例の貴族と取引をするという極秘の情報を得てやって来たんだ」

「な……」

「お前がここに来たと知って、俺がどれほど驚いたか分かるか？　誰もが予測していなかった内陸地の取引の場に、どうしてお前が現れるんだ？　俺はお前を疑っていない。だが、お前に繋がる矢印ばかりが増えていくんだ」

「そ、そんなこと、言われたって……！」

言いがかりだ。

そう言いたいのに、喉がひりついて声が出ない。

ハントリー、王国第二の港ノースポート、薔薇の紋章、そして、ネルヴァ。

キャサリンを取り囲む環境が、『悪魔の薬』へのキーワードと重なり過ぎている。

どうして。何故。

そんな埒もない疑問符だけがグルグルと脳裏を駆け巡る。

――まただ。また、根拠もなく、私を責める。お前が悪いのだと、追い詰める。

甦る屈辱に、キャサリンの心が悲鳴を上げた。

私が何をした？　何もしていない。したのは全部あいつらだ。

父親。アンナ。変態じじい。社交界のばかども。

実の父親に放置された。

心を赦した乳母は父の愛人だった。

父に借金のカタに変態じじいに売られた。

幼女趣味の変態じじいに凌辱されかけた。

金目当てに夫を殺した淫婦だと陰口を叩かれた。

「……何故？　私が何をしたと言うの！」

ぼろぼろと身を護っていた虚勢が崩れていく。いや、そんなものなど、とうになくなってしまっていた。ラスを受け入れ、恋をしてしまったから。

ぼたぼたと生温い涙が頬を伝い落ちていく。

瞬きもせず、キャサリンは泣いていた。空色の瞳をこれ以上はないほど見開いて、目の前の男を凝視しながら。

「キャス」

ラスが息を呑んで伸ばしてきた手を振り払う。

「触らないで！　あなたもあいつらと同じよ！　何もしていない人間を貶めて蔑んで喜ぶ！」

「キャス」

力いっぱい振り払っても、なおも伸ばしてくるその手を、キャサリンは何度も何度も叩き払う。

「触らないでって言っているでしょう！　私を騙してさぞかし楽しかったでしょうよ！　気位ばかり高い頭の悪い女を籠絡するなんて、あなたには赤子の手を捻るようなものでしょうから！」

優しくされて、嬉しかった。

ハントリー侯爵としてではない、ただのキャサリンに家族のように接してくれて、嬉しかった。

髪留めをくれて、嬉しかった。

好きだとキスをくれて、嬉しかった。

その腕に抱かれて、嬉しかった。

幸せだった。幸せだったのに。

「全部ウソだったくせに！」

キャサリンの悲鳴を押し込めるようにして、ラスがその華奢な身体を抱き締めた。

「キャス！　俺はお前を信じている！　だからこそ、お前の周囲にいるはずなんだ！　お前を『悪魔の薬』を買った貴族に仕立てようとしている者が！」

その言葉に、ラスの腕の中で暴れていたキャサリンは動きを止めた。

「……な、にを……」

自分の周囲に、自分を『悪魔の薬』を買った貴族に仕立てようとする者がいる？

そんなばかな。それこそ言いがかりだ。

そもそもキャサリンは周囲に人を置かない。信頼しているのはエマくらいで、他の者たちは金銭を介した主従関係であるというだけだ。キャサリンに何かさせることができるくらいの影響力を持つ者などいない。

せせら笑おうとしたキャサリンの顔を、ラスが至近距離で覗き込んだ。

ひどく真剣な眼だった。

「聞け、キャサリン。俺はこの間、お前が飲まされていた薬湯を持ち帰って調べさせた。あの匂いに思い当たることがあったからだ」

そう言えば、あの薬湯の入った器が無くなっていたのだったと、キャサリンはぼんやりと思い出す。

帰宅したエマに指摘され初めて気づいたのだったが、やはりあれはラスが持ち帰っていたのか。

「思い当たるふし……」

急激な話の切り替えに感情が追い付かず、ただ鸚鵡返しをするキャサリンに、ラスはゆっくりと頷いた。

「あれは喘息の発作を誘発するローデールという薬だ。一般的には解熱や鎮痛剤として使われる薬だが、まれにローデールを飲むと喘息の発作を起こす者もいる。お前は多分それだ。発作が起こる前に飲む薬湯だと言っていたな？　あの薬湯を飲んだ後、必ず発作が起きてはいなかったか？」

「ちょ、ちょっと、待って……」

キャサリンはこめかみを押さえた。

ラスは何を言っている？

エマの作る発作止めの薬湯が、発作を誘発する？

それではまるでエマがわざとキャサリンの発作を引き起こしているかのような――。

「あなた、なにを、そんなばかな……！　エマの作った薬湯は、発作を防いでくれるのよ……！　それに、エマの薬湯を飲まなくても、発作が起きる時があるわ！　あなたに助けてもらった時だってそうだったじゃない！」

混乱のあまりどんどん大声になるキャサリンに、ラスが苦々しげに口の端を下げる。

「喘息は外からの異物に反応して気道が炎症を起こし、狭まる病気だ。お前にはローデール以外にも、喘息を誘発する因子があるんだろう。エマ、か……。そんな名だったか。ネルヴァに保養に行く提案は、そのエマがしたんじゃないのか？」

今度はキャサリンが息を呑む番だった。

『また湯治に行かれませんか、キャサリン様』

エマの声が甦る。

キャサリンを湯治に誘うのは、エマの役目だ。

キャサリンの仕事の予定を把握しているのはエマだったし、キャサリンの体調管理もエマの仕事だからだ。

そしてその湯治場をネルヴァに選んだのも、エマだった。

キャサリンの表情に肯定を見たのか、ラスは「やはりか」と呻くように呟いた。

キャサリンは力無く首を振った。

「そ、んな……はず、ないわ！　エマが、そんなことするわけない！」

「発作が起こった時に飲む水薬、あちらは喘息を治める薬だった。発作を起こさせて、発作を治める。矛盾するその行為の意味が分かるか？　そのエマという者は、お前の発作を起こし、そして発作を止めてやることで、お前の信頼を勝ち取っているんだ！　目を覚ませ、キャス！」

両肩を摑まれて揺さぶられ、キャサリンは頭がおかしくなりそうだった。

エマが自分を裏切っている？

そんなわけがない。誰よりもキャサリンを想ってくれている人だ。

父親にも見捨てられ、優しかったアンナにも裏切られたキャサリンを、幼い頃から護ってくれた、唯一の人。

運命共同体なのだと、そう言ってくれた人。

「やめて！　どうしてエマがそんなことするの!?　エマは私の発作を止めてくれるわ！　いつも発作が治まるまで私の背を撫でてくれる！」

キャサリンは両手で耳を塞いで身を丸める。

もう何も聞きたくなかった。

ラスの裏切りも、エマを貶める言葉も。

自分を混乱させるもの全てから逃げ出したかった。

「キャス。ちゃんと話を聞いてくれ。お前は今、危険な状況にあるんだ」

ラスが宥めるように肩を抱こうとしたその手を、キャサリンは渾身の力で叩き落とした。

もううんざりだった。

自分を物知らず扱いして騙し裏切っていたラスも。

そのラスの言葉にいいように揺さぶられる自分も。

裏切ったラスをなおも信じようとする愚かな自分の恋心を、今すぐ殺してしまいたかった。

「エマは私を騙したりしない!!　騙していたのは、あなたの方でしょう！」

「キャス！」

伸ばされるラスの腕を振り切って、今度こそキャサリンは駆け出した。

もう信じない。

信じられるのは、エマだけだ。

幼い頃からずっと裏切らずにいてくれたのは、エマだけだったのだから。

5章　疑惑

「それで、みすみすあの子を裏切り者のいる邸へ帰したの？」

アーロンの呆れたと言わんばかりの物言いに、ラスは憮然と唸り声を返す。

「お前、女言葉になってるぞ」

「アラヤダ、あんたがあんまりばか過ぎて、つい」

「お前……」

仮にも上司にこの態度はいかがなものかと思ったが、アーロンの腹立ちは普段の礼儀正しさを吹っ飛ばすほどのものだったようだ。女言葉を改めないどころか、更に容赦のない糾弾が続いた。

「本当のことでしょうが。二十五まで、しかも未亡人で処女なんて、いろいろ拗《こじ》らせてる女に決まってるじゃない！　あの子の境遇考えたら、不憫な方向に拗らせてるって予想くらいついたでしょ？　手ぇ出すんだったら生半可な覚悟じゃダメ！　ちゃんと両手をあげて、自分は怖い人間じゃないですよーって分かってもらって信頼を勝ち取らないと、逃げちゃうに決まってんでしょ！　相手は野生の小動物並みに警戒心が強いのよ、このオタンコナス！」

筋骨隆々の部下から発せられる女言葉の罵倒に苦悶しつつ、しかしその内容が正論過ぎて口を噤まざるを得なかった。

アーロンがキャサリンに好印象を抱いているのは、これまでも会話の節々に表れていたので分かってはいるつもりだったが、それにしてもこの肩の入れようには正直驚かされる。

一度はそれに忠告を入れたものの、今となっては自分こそ肩どころか全身を突っ込んでいるのだからどうしようもない。

アーロンは腰に手を当てて、「で？」と顎をしゃくった。

「一応確認しとくけど、手ぇ出したってことは、あの子が『悪魔の薬』の売人で、今回の騒ぎを起こしてるレノックス派の貴族だって疑いは、晴れたってことでいいのね？」

アーロンの問いに、ラスはサラリと応える。

「確証はない」

「はぁ!?」

「だが、確信している」

それが、キャサリンがそうではない、という意味だと、アーロンにも正確に伝わったのか、ひゅう、と口笛を鳴らした。

ついた。

「やるわねぇ、あの小娘」

「なんだ。俺は罵倒でキャスは賞賛か」

理不尽な気がして文句を言えば、アーロンは腰に手を当てたままの恰好で大きく溜息をついた。

「だってあんた、死ぬつもりだったじゃない。これで死ねなくなったでしょ？　あの拗らせ『サキュバス』の面倒見ないといけないものね」

ラスは息を呑んだ。

「お前……どうして……」

自分が死ぬつもりだと部下に漏らしたことはない。

ラスは自分が部下に与える影響力を、うぬぼれではなく熟知していた。自分が最終的には死をもってこの事件を決着させるつもりであることを告げてしまえば、アーロンをはじめとした自分を慕ってくれている部下たちの士気が下がる。それどころか、ラスを死なせないためにふん縛って監禁すらしそうである。

だから、この計画はフィルにしか言ったことはない。あの男が最も大事なのはあの子であり、ラスではないからだ。

驚愕するラスに、アーロンは大きな肩を小さく竦めた。

「部下を見くびらないでほしいわね。今の状況は全て、レノックス公爵を野放しにしてたが故のもの。つまり根源である元王弟殿下に死んでいただかない限り、この手の紛争は次から次に起こるでしょうね」

「……そうだな」

アーロンの説明には破綻《はたん》はない。

そもそも、『悪魔の薬』という凶悪なものが絡んだこの事件、たとえ無関与だったとしても、レノックス公爵は責任を負うべきだ。極刑は免れない。

「だからあんたはこの『悪魔の薬』を使ってレノックス派もろとも、元王弟殿下を亡き者にするつもりなんでしょう？　自分自身を犠牲にして、ね。自警団の国営化もそのための布石よね。この事件の解決に自警団を使って、陛下にその手柄の褒美として国営化を認めさせる算段でしょ？」

「アーロン」

アーロンの言っていることは、全て正しかった。

自分の死を前提に立てた計画だった。

州制を取るこの国は結束力が弱く、故に貴族が力を持ち易い。前王は自身のカリスマ性によって国を固めていた。しかし王にカリスマ性が足りなければ、王権の弱体化はあっという間だ。

それを補うために自警団国営化を図ったのだ。領主の権限の及ばぬ自警団に国法という権力を持たせ、各州に送り込む。それは自警団という名の監視だ。各領主の権力の肥大化を阻止する楔となるだろう。

だから、自警団国営化を煙たく思うのは実は王ではなく、貴族なのだ。その貴族たちを納得させるために、今回の『悪魔の薬』の解決時に自警団が手柄を立てる必要があるのだ。国に仇《あだ》なす者たちを一掃し、王のもとに国がまとまる。

それが、『約束』を護るためにラスが描いたシナリオだ。

そのために死ねるなら、喜んでこの身を差し出そう。

妻も子もいない、待つ者のない身だ。全てを国に捧げると決めていたのだから。

——だが、俺にはもう、キャスがいる。

愛しいと思う者が現れるとは思っていなかった。護りたいと思える者も。

キャサリンと一緒にいると、国を護るのとは違う、柔らかな高揚感が湧き出て、庇護欲が満たされる。

護りたい。愛したい。

あの不器用で警戒心の強い、無垢な娘を。

『サキュバス』だなんてとんでもない。父親に、亡き夫に、そして今現在は、エマとかいうメイドに傷つけられ、搾取されてきた被害者だ。

——護らなければ。

これ以上、あの娘が泣かないように。これ以上、あの娘が傷つかないように。

ラスはギュッと拳を握り、アーロンに頷いてみせる。

「その通りだ、アーロン。俺はあの娘を護りたい。これが解決したら、今度はあの娘のために生きようと思う」

ラスの言葉に、アーロンが厳つい顔を緩めて、深々と溜息をついた。そしてその目尻から光るものがツッと流れ落ちたのを見てしまい、ラスは狼狽した。

「おい、アーロン？」

「良かった……あの方が亡くなってから、あんたは生きる希望を失くしてしまった。アタシはずっと、あんたの希望となれる人が現れてくれるのを待ってたの」

良かった、本当に良かった、と涙を流し震える大男に、ラスは困惑しつつも申し訳なく思った。自分が死のうとしているのを悟らせてしまっただけでなく、こんなふうに心を痛めさせてしまっていたのだ。上司失格だ。

「すまない、アーロン」

「いいのよ！　あんたが生きてさえくれれば！」

「そうだな。フィルにも計画変更を伝えておかねばならない。早馬を用意できるか？」

「あったりまえよ！」

涙を指で拭いながら拳で胸を叩くアーロンに苦笑しつつ、ラスは頭の中で今後の計画を練った。

キャサリンは自分の家の別荘に戻ったのだろう。

エマとかいうメイドを心から信用しているようだった。だが実際には、キャサリンにわざと喘息の発作を起こさせ、その後発作止めの薬を飲ませるという奇怪な行動を取る頭のおかしい人物だ。

命を救うことでキャサリンの信用を勝ち取るためなのだろうが、それならば一回でいいはずだ。自分の命を救ってくれたという経験をすれば、人はその相手を無条件で信用するものだから。

だがキャサリンの話から推測するに、発作を誘発させられているのは日常茶飯事のようだ。

——キャサリンが苦しむ姿を見て喜んでいるとしか思えない。

嗜虐趣味の者なのだろうか。とにかく、尋常ではない。

家に戻ったキャサリンが、ラスから聞いたことをエマという女に話してしまうかもしれない。そうなった時、エマが逆上するとまずい。

今すぐにでも迎えに行って保護したいところだが、キャサリンのあの様子ではラスの姿を見ただけで拒絶しそうだ。それだけエマを信頼しているのだ。

幼い頃から信頼してきたメイドと、疑いをかけられた素性の知れない男。

どちらを信用するかなど勝負にもならない。そう分かってはいても、腹立たしかった。

——俺を信じろ、キャサリン。

もう決して傷つけない。必ず護ってみせる。

「アーロン。ハントリー侯爵家の別荘に監視を付けろ。エマとかいう使用人の女を中心に。キャサリンに危害を加える恐れがある。そして多分、ハントリー家の者の中に、俺たちが追っている者がいるはずだ」

「……どういうことですか？　ハントリー侯爵家の疑いは晴れたのでは？」

考えを巡らせ始めたラスに、部下の顔に戻ったアーロンがその意図を問う。ラスはその質問に首を左右に振った。

「ずっと考えていたんだ。おかしいと思わないか？　これまでどれだけ調べても尻尾を摑ませなかった『悪魔の薬』の売人が、ある時点からその尻尾をちらつかせるようになった。密会のためにわざわざ人目のある宿を使うなど、印象を残すためにしているとしか思えん。『堕天使ヨハネ』という異名、取引相手の女貴族、薔薇の紋章、そして、ネルヴァ――確証はないが、全てがキャサリンに繋がるものばかりだ。まるで……」

「ハントリー侯爵に、罪を着せたい……？」

ラスの言わんとすることを、アーロンが引き取って呟いた。その厳つい顔が、更に厳しくなっている。

「そうだ。そしてそれは、キャサリンの私生活に詳しい者でないと不可能だ」

キャサリンが喘息持ちであることは社交界でも知られていない。ラスとて今まで知らなかった。そしてこの時期外れにこのネルヴァに療養に来ていることを知ることができるのは、キャサリンの行動を逐一把握できている人物ということだ。

「それでは、そのエマとかいうメイドが……？」

「この時点ではなんとも言えん」

情報が少な過ぎる。

だがエマがキャサリンを害する者だということは、ローデールを盛っていることから確実だ。

「念のためにこのことをフィルにも報告しておこう。いざとなった時、援軍くらいは送ってくれるかもしれん。お前はすぐにハントリー邸に人をつけろ。手練れである方がいい」

ラスが命じれば、アーロンが腰を折って「御意」と答え、すぐさまその場を去った。

部下が去り誰もいなくなった部屋の中で、ラスはじっと考えを巡らせていた。

まだ解けていない謎が多い。

キャサリンに罪を着せたいというラスの予測が正しかったとして、それは何故なのか？

普通に考えれば、キャサリンの持つ経済力だろう。

彼女を追い落とし、ハントリーの領主の座を手にしたい者。だが現在、ハントリー領主としての権利を持つのはキャサリンだけだ。前ハントリー領主である亡き夫には兄弟も子供もいないからだ。女であるキャサリンが領主に就けたのはそういう理由だ。

社交界にも出入りせず、政界からも遠い。

あと考えられる線は怨恨だろう。

だが極刑になるほどの罪を着せるほどの恨みとはなんだろう。

キャサリンはあの持病と社交嫌いな性格から、あまり他者と関わる場に出入りしていなかったようだ。しかし慈善事業には熱心で、彼女名義の多額の寄付金が孤児院や病院、救護院に毎年贈られており、ハントリー領内で現領主を悪く言う者はいないという。

公に恨みを持たれるには、あまりに瑕瑾がない。

となれば、やはり怨恨は私的なものと考えられる。私的――言い換えれば、ごく日常の生活の中でのもの。

――やはり、エマというメイドか……。

「クソっ」

まだ見たこともないその女に、ラスは舌打ちをして毒づいた。

今すぐキャサリンからその女を引き剝がしたい。

だがそれができない以上、自分にやれることをやるのだ。

ラスは深く息を吐き出して、やるべきことをなすために立ち上がった。

＊＊＊

別荘に帰宅したキャサリンを出迎えたのはエマだった。

「お早いお戻りですね」

入浴に行ったにしては帰宅する時間が早かったのだろう。エマは不思議そうな顔をしたが、キャサリンの髪が濡れていないことに気づいたのか、その美しい柳眉に皺を寄せた。

「キャサリン様、湯治に行かれたのでは？」

「……繁華街の見物に行ってたの」

普段なら大目玉を喰らうからと絶対に内緒にすることを、キャサリンはあえて暴露した。

エマにこれ以上秘密を持ちたくなかったのだ。

――エマが、私を裏切るはずない。

そう信じるならば、自分も彼女に嘘や秘密を持つべきではないと思ったからだ。

するとエマはその美貌を能面のように凍り付かせた。

「今空耳が聞こえたようです。もう一度おっしゃっていただけますか、キャサリン様」

「湯治には行かなかったわ。繁華街の見物に行ったから。これまで何度もネルヴァを訪れたけど、街の様子を見たことはなかったじゃない。一度行ってみたかったの」

上目遣いでそう説明すれば、エマの悲鳴のような怒声が降ってきた。

「なんて危険なことを！　もし通り魔や暴漢に遭ったらどうなさるんですか！」

久し振りにエマの怒鳴り声を聞いた。子供の時にはよく聞いたものだが、この年になれば当然あまりなくなった。

キャサリンは目をぱちくりとさせて、それから顔を綻ばせた。

――エマが怒ってくれた。私を心配して、こんなに怒ってくれている。

「何を笑っていらっしゃるのですか！」

「だって……！」

エマは憤慨したが、キャサリンはクスクスと笑うのを止められなかった。

『そのエマという者は、お前の発作を起こし、そして発作を止めてやることで、お前の信頼を勝ち取っているんだ！』

脳裏に甦ったラスの声に、キャサリンは心の内で首を振った。

――いいえ、エマはそんなことしない。

キャサリンを裏切っている人間が、こんなふうに怒るほど心配なんてしてくれるわけがない。

エマだけだった。キャサリンを心配してくれるのも、怒ってくれるのも、優しくしてくれるのも。これまでエマが助けてくれたから、キャサリンは生きてこられたのだ。

――裏切っていたのは、ラス、あなたの方じゃない。

最初からキャサリンを『悪魔の薬』を買う貴族ではないかと疑っていて、探るために近づいた。喘息の発作を止めてくれたのだって、恐らく下心あってのことだ。恩を売ってキャサリンを信用させ、近づくために。

ラスが思わせぶりにキャサリンをからかっていたのも、罠だったのだろう。

キャサリンを籠絡し恋人になることができれば、閨で『悪魔の薬』の情報が得られると踏んだのかもしれない。『悪魔の薬』は媚薬として使用されることが多いと聞く。噂の『サキュバス侯爵』であれば、もしかしたら愛人に『悪魔の薬』を使用することもあるかもしれない。

――そうして愚かな私は、まんまとその罠に落ちた。

ラスが好きだった。

好きだったのだ。

本当は、ずっとずっと、誰かを愛したかったのだ。

誰かに、愛されたかった。

キャサリンという、ただの一人の女性として。

愛し愛されて、慈しみ合い、やがて子供を儲けて——そんな、女性なら誰もが夢見る幸せが欲しかった。愛した人の子供が欲しかった。自分が愛されなかった分、こうしてほしかったと思うことを、子供にしてやりたかった。

それは愚かな願望だと自分を戒め続けていた。

愛したい、愛されたいと伸ばした手は、ことごとく振り払われてきたのだから。

だからその願望を押し殺して、自領に引き篭もった。

それなのに、ラスは胸の奥底に鍵をかけて眠らせたキャサリンの願望を、引き摺り出してしまった。

『サキュバス侯爵』という色眼鏡で見ないラスの眼差しも、髪や頬に不意に触れてくる手の温もりも、何気ない贈り物も、本当は全部、泣きたいくらい嬉しかった。

あの広い胸の中に抱かれた時、どうしようもなく幸せだった。

満たされた。そう思った。

——けれど全ては偽りだった。

ぽろり、と涙が転がり落ちた。

笑顔のまま、キャサリンは泣き出した。大きな空色の瞳から次々に零れ落ちる涙に、エマが息を呑んで口を噤む。

「キャサリン様？」

「ご、ごめん、なさい……！　何でもないの。何でも、ないのよ……やだ、どうして……」

ごしごしと両手で目を擦るけれど、溢れる涙は一向に止まる気配を見せない。

突然泣き出すなんて、エマが不審に思わないはずがない。早く泣き止まなければ。

そう思うのに、瞼はどんどん熱くなり、鼻の奥は詰まって「ごめんなさい」という声が鼻声になっていく。

焦るキャサリンを、ふわりと細い腕が囲い込んだ。

顔をエマの柔らかな胸に押し付けるようにして抱き締められて、キャサリンの感情の堰《せき》が決壊した。

「エマ……エマ……！」

幼い子供のようにエマに取り縋って、キャサリンは声を上げて泣き出した。

「お可哀想に、キャサリン様……大丈夫です。もう、大丈夫。わたくしがいます。ずっと、あなたのお傍に」

あやすように髪を撫でられ落とされた囁きに、キャサリンは泣きながら何度も頷いた。

――エマだけだ。

いつだって、エマだけがキャサリンの味方だった。

エマだけが、キャサリンの傍にいてくれた。

「エマ、エマ……！　お願い、ずっと、一緒にいて。離れないで」

いつかエマを離さなくてはいけない――心の中でしていた覚悟も、全て霧散した。生まれて初めて恋した男性に裏切られた今、エマまで失えばキャサリンはきっと生きてはいけない。

泣きじゃくりながらワガママを言うキャサリンに、けれどエマは優しく何度も頷いた。

「ええ、ええ。分かっております。エマはお傍を離れたりしません。ずっと一緒におりますよ」

その肯定に安堵して、キャサリンはゆっくりと瞼を閉じる。

髪を梳くエマの手が心地好い。頬の涙を少し冷たい指が拭ってくれる。

「さぁ、お疲れでしょう。ベッドで少しお休みください」

泣き疲れぼんやりとした頭で、キャサリンはエマの促しに従った。

自室のベッドに横になると、エマがベッドのすぐ脇に椅子を置いて座った。少し不思議に思ってその様子を眺めていると、エマが真面目な顔で言った。

「眠るまでここにおりますよ。安心してお眠りください」

「……いてくれるの？」

幼い頃、眠れないと言ってエマに傍にいてもらったことを思い出す。だが当然ながら大きくなってからはなかった。

それでも、今は誰かにいてほしいと思っていたのだ。

キャサリンの気持ちなどお見通しと言わんばかりに、エマが微笑んだ。

「いつだって」

その微笑みに安心して、キャサリンも笑った。

「ええ……」

エマがいてくれる。

こうして、微笑んでくれる。

とろりと瞼を下ろせば、再び頭を撫でる感触がした。

『目を覚ませ、キャス！』

安堵の微睡に身を委ねながら、夢とうつつの狭間で聞こえた声は、けれども憎らしくて恋しい男のものだった。


あまりに多くのことが起こり過ぎていたのだろう。

その日は夢も見ずに眠った。

朝が来て、いつものように起こしに来たエマがカーテンを開いた。大きな窓から射し込む陽の光に、キャサリンは目を細める。

——ラスが忍び込んできたのも、その窓だった。

穏やかな陽射しの向こうにその大柄な姿の幻を見て、キャサリンはぎゅっと瞼を閉じた。

「キャサリン様？　まだご気分がすぐれませんか？」

エマの心配そうな声に慌てて目を開けば、きれいな翡翠色の双眸がこちらを覗き込んでいた。

「もう、大丈夫よ。心配かけてごめんなさい、エマ」

そう言って微笑んでみせれば、エマはホッとしたのか少し表情を緩めた。

「それはようございました。ですがやはり心配ですので、いつもの薬湯をお持ちしますね」

——薬湯。

エマから発せられるその単語に、キャサリンは内心ドキリとした。

『あの薬湯を飲んだ後、必ず発作が起きてはいなかったか？』

忌々しい男の声が脳裏に響く。

——やめて。そんなはずない。エマは私を裏切ったりしない。

それなのに、今心を占めるのは重く苦しい感情だ。この感情を何と言うのか、キャサリンは知っている。不安と疑念だ。

——疑いたくない。エマを、疑いたくなんてないのに。

もし今その薬湯を飲んで発作を起こしてしまえば、キャサリンはエマまでも失ってしまう。

そんなことにはとても耐えられそうになかった。

だからキャサリンはできるだけ自然に見えるように笑いながら、エマに首を振った。

「薬湯は、要らないわ。泣いてよく眠ったからスッキリしているの。もう大丈夫よ」

エマからの提案を断ったのは、思えば初めてかもしれない。

だってエマの言うことを聞いていれば全てが上手くいったから。エマが言うことに間違いなんかないんだと思っていた。

キャサリンの拒絶に、エマが軽く目を瞠った。だがすぐにいつもの表情に戻り、そうですか、と呟く。

「分かりました。では、体調が悪くなった際にはまたお声がけください」

「ええ、勿論よ」

頷きながら、キャサリンは自分の心臓がバクバクと音を立てているのを感じていた。

――裏切らないで。あなただけは。

「朝食はベッドに運ばせましょう。では、また少しお休みください」

そう言い置いて部屋を下がるエマを、キャサリンはじっと見送った。

衿の詰まったかっちりとしたドレスを纏った、ピンと背筋の伸びた後ろ姿。艶やかな黒髪は一本の後れ毛もなくまとめ上げられている。

見慣れたはずのその姿を、何故か、初めて見るもののように感じながら。

だからなのかもしれない。

それを見てしまったのは。


その日の夕方だった。うたた寝をしていたキャサリンは、ふつりと途切れるように眠りから目が覚めた。別に具合が悪いわけではないのに、過保護なエマが例によってキャサリンに何もさせず、仕方なくベッドに転がっていたのだ。その内にいつの間にか眠ってしまっていたようだ。

蜘蛛の巣のように眠りの名残が張ったぼんやりとした頭で窓を見た。

ラスがやって来た窓だ。

大きな身体で、まるで猫のようにするりと中に入り込んできた。

——猫、なんてかわいいものじゃないわ。あれは、豹か、虎か。

そう思って自嘲した。豹も虎も、実際には見たことのない動物だ。

ではラスも、もしかするとキャサリンの妄想上の存在なのかもしれない。

ベッドを降りて、ラスがやって来たその窓に近づく。

裏切られた男を想うだなんて、なんて不毛なことをしているのだろう。

吐き出すようにもう一度自分を嘲笑って、息を呑んだ。

窓の外に、エマが見えたからだ。

——エマ？

疑問符が付いたのは、エマの姿が見たこともないものだったからだ。

エマは男装をしていた。遠くからでも分かる仕立ての良いフロックコート。いつもは高く結い上げられている黒髪は、首の後ろでひとつに結わえ梳き下ろされている。女性にしては上背のあるエマだから、華奢ではあるが上品な紳士といった具合に見える。

だから一瞬、エマではないのかもと思った。

だが、キャサリンがエマを見間違えるわけがない。

――何故エマはあんな恰好をしているの？

エマに男装癖があるとは思えない。


『発作が起こる前に飲む薬湯だと言っていたな？　あの薬湯を飲んだ後、必ず発作が起きてはいなかったか？』

ラスの声が甦る。

自分の知らないエマの姿に、キャサリンの中の疑念が急速に膨らんでいく。

薬湯――あれが本当に、キャサリンの発作を誘発するものだったら？

でも何故、エマがそんなことをする必要がある？

ラスはキャサリンの信用を勝ち取るためだと言っていた。

だがキャサリンはこれ以上はないくらいエマを信用し切っていたし、公私ともに頼り切っていた。今更キャサリンを信用させる必要なんてないはずだ。

であるならば、考えうる理由は、エマがキャサリンを憎んでいるということ。

──憎まれている？　エマに？

そう思い至った自分自身に、キャサリンは仰天した。

それは青天の霹靂のような思いつきだった。

エマはいつだってキャサリンの味方だった。エマだけが、キャサリンの傍にいてくれた。

それなのに、どうしてエマがキャサリンを憎むのだ。憎む相手の味方になどならない。

憎む相手の傍になどいない。そうだろう？

『それならば何故、あなたは真実から目を背けるの？』

心の中で浮かんだ声は、自分の声だったろうか。

真実──薬湯を飲んだ後、発作が起こってはいなかったかという疑問への、答えだ。

──起こっていた。発作は、薬湯を飲んだ後に、必ず。

キャサリンはギュッと目を閉じる。

エマはキャサリンの体調が思わしくない時、発作予防にとあの薬湯を飲ませる。だから
その後発作が起こってしまっても、キャサリンは何の疑問も抱かなかった。薬湯を飲むの
は、『発作が起きてしまう可能性が高い状況』だったのだから。

だが薬湯を飲まない時にも発作が起きることがあったし、エマがあの薬湯が喘息の発作
を引き起こすと知らなかった可能性だってある。

『本当に？　あの薬師顔負けのエマが、知らなかった？　それにこのネルヴァへあなたを導いたのは、エマだったでしょう？』

せせら笑うように響く声に、キャサリンは耳を塞ぎたくなる。

──違うわよね、エマ！

そう縋るように窓の外に目をやれば、エマの姿が小さくなっていく。

どこかへ出かけるのだ。あの男装で。

──どこへ？

エマはあのおかしな恰好で、どこで、何をやっているのか。

──確かめなければ。

キャサリンは何かに憑かれたようにそう思った。

確かめなければ。エマが自分を裏切ってはいないと。

──そうしなければ、私は本当に、誰からも必要とされない子になってしまう。

キャサリンは窓を開いた。エマの姿はもう豆粒ほどに小さくなっている。早く追わなければ見失ってしまうだろう。

窓枠に両手をかけ、下半身を弾ませてそこを越えた。

もっと衝撃があるかと思ったのに、意外なことにキャサリンの身はするりと外へ滑り出て、とん、と軽やかに両足が地面に着いた。

一階とはいえ、自分が窓から外に飛び出すことのできる人間だったことに驚きながら、キャサリンはエマの後を追った。
空は茜色に染まり始めていた。

6章　堕天使

エマが向かったのはネルヴァを取り囲むようにしてある山林だった。

ネルヴァは山間部の療養地であるため、街の周囲には鬱蒼《うっそう》とした森が広がっている。

エマが途中で貸し馬車を利用したので焦ったが、運良くその場にもう一台の貸し馬車が停まっていたため、キャサリンは慌てて飛び込んでその後を追ってもらった。

「なるべく気づかれないようにして」

そう注文を付ければ、御者は面白そうに目を輝かせて、「難しいけど、できる限りやってみますよ」と笑った。

馬車を降りたのは街外れだった。エマの乗っていた馬車が折り返し、すれ違ったからだ。

「中には誰も乗ってませんでしたぜ」

御者に言われ、キャサリンもそこで馬車を降りることにした。

「この先には森しかありませんぜ。いいんですかい？」

御者は心配そうに言ったが、キャサリンは運賃を払うと、歩いてその先を急いだ。

もう見つけられないかと危惧していたが、ちょうど森に差しかかる手前のところで、エマの姿を見つけることができた。彼女の脇にはいつの間に合流したのか、大柄な男が二人控えており、彼女に頭を下げて何かを差し出していた。その少し離れた場所に、明らかに貴族と分かる上等な身なりの女性が、大きな帽子で顔を隠すようにして立っている。

キャサリンは周囲の木々に隠れながらその様子をひっそりと窺っていた。

何かを喋っているようだが、ハッキリとした声までは届いてこない。だが時折、エマが女性から『堕天使ヨハネ』と甲高く呼ばれているのは分かった。

――『堕天使ヨハネ』ですって……!?

それは『悪魔の薬』の掌握者のことだと、ラスが言っていた。

全身から冷や汗が噴き出す。

――エマが、『悪魔の薬』の掌握者……? そんなばかな。

あの賢いエマが、そんな愚かで危険なものに手を染めるはずがない。そもそも、何故そんなことをする必要が？

ばかばかしい、と自分の中に起こった疑念を一蹴する。

貴族の女性は違うが、男たちはどうやらエマの使用人のようだった。あんな屈強そうな男二人を、エマは従えているようだ。傲然と顎を上げ、何かを指示するように指差している。

男たちはエマ程ではないが良い身なりをしている。まるで貴族の従者のように。

逆に言えばエマが貴族の紳士に見えるということなのだが、自分の中にあるエマのイメージとはかけ離れていて、それもキャサリンを混乱させた。

いつだったか、キャサリンが自分のドレスをあげようとした時、エマは血相を変えて断ったのだ。

『わたくしなどが、あなた様のドレスになど袖を通せるはずがありません。いくら侯爵代行を致そうと、わたくしは平民です。あなた様とは、違うのです。――あまり戯言を仰いませんよう』

いつだって自分が平民だと強調してきたエマが、男装とはいえ貴族のような恰好をするなんて。

自分の知らないエマの姿を目の当たりにし、キャサリンは胸の内に不安がどんどんと広がっていくのを感じていた。

エマたちがまた動き出す。森の中へと移動するようだ。

キャサリンは慎重に距離を保ちながらその後を小走りで追った。

夕闇の迫る森の中は薄暗く、彼らを追うのは至難の業だった。

だが幸いにして、この先に狩猟小屋でもあるのか道は踏み固められていて歩きやすく、キャサリンでもなんとかついていくことができた。

とはいえ、エマたちも貴族の女性を連れているので、歩く速度は速くはなかったのだろうが。

やがて見えてきたのは、森の奥に佇む一軒の小屋だった。何かを煮炊きしているのか、煙突から煙が上がっている。

——狩猟小屋……？

それにしてはやや大きい建物だ。中には人がたくさんいるようで、がやがやと人の声や物音が聞こえてくる。

エマたちはその小屋に入っていく。

キャサリンはその様子を思わず身を乗り出して見つめた。

——ああ、行ってしまう……。

そう思った瞬間、エマがこちらを振り返った。

翡翠の双眸は、明らかにキャサリンをまっすぐに捉えていた。

ドクリ、と心臓が音を立てた。

「出ていらっしゃい、キャサリン様！　探偵ごっこはもう終わりですよ」

——気づかれていた。

蛇に睨まれた蛙のようにその場に立ち竦んだ。

どくどくとした鼓動を頭の後ろで感じる。武者震いか、怯えか——四肢が小刻みに震え出した。

見つめ合ったまま、一歩も動けないでいるキャサリンに、エマがゆっくりと首を傾げた。

「キャサリン様……本当に手のかかるわたくしのお嬢様。迎えに行って差し上げないと歩くこともおできにならないくせに」

クスクスと笑い声を上げて、エマが優雅な足取りでこちらへ向かってくる。

――エマが笑っている。

キャサリンは瞠ったままの目で、その美しい笑顔を見た。

滅多に笑わないエマ。これまでは、エマが笑うと嬉しかった。

それなのに、どうして今、こんなにも恐ろしいと感じてしまうのか。

笑うエマが珍しいのは、キャサリンだけではなかったようだ。

男たちも、女性も、呆気にとられたようにして二人を傍観している。

「でも褒めて差し上げます。何もできないキャサリン様が、ちゃあんとここまで来られましたものね」

「……いつから、気づいていたの？」

震える声でキャサリンが訊ねれば、エマが噴き出す。

「あなたのへたくそな尾行のことですか？　そんなもの、最初からに決まってますよ。最初から、あなたが気づいて付いて来るよう、わざとこのナリをしているのを見せたのですから」

――つまり、わざと、私をここへ導いた。

キャサリンはごくりと唾を飲む。

何故そんなことをする必要があったのか。エマが言えば、キャサリンは喜んでついてきただろう。それなのに騙すような真似をしてまで、ここに導いた理由はなんなのか。エマがしている恰好はなんなのか。この男たちは？　この女性は？　そしてその小屋は？

疑問符ばかりが脳裏を駆け巡る。

だが、ひとつだけ確かなことがあった。

——エマに敵意を向けられている。

美しい微笑みは、これまでキャサリンに見せたことのない嘲笑。物腰は柔らかいが、その翡翠の眼差しにあるのは冷え冷えとした悪意だった。

——エマに、憎まれている？

一度は浮かんだその考えを、振り払ったはずだった。そんなはずはない。エマだけは違うと。

エマを信じたかった。裏切られたくなかった。

だからキャサリンは一生懸命微笑んだ。

「ど、うして？　私は、あなたが言えば一緒にここに来たわ。こんな、わざわざ、跡をつけるような真似、させなくたって……」

だがエマはキャサリンの言い訳めいた疑問を、一笑に付した。

「させた？　わたくしが？　ご冗談を！　選んだのはあなたですよ、キャサリン様。あなたがわたくしを疑って、選んだんです。わたくしを裏切ることを」

「……え……？」

——私が、選んだ？

エマを裏切ることを？

それはどういう意味なのか、と問うよりも先に、エマがスイ、と手を差し出した。

薄暗がりの中でも白いその手を、キャサリンは凝視する。

「ご褒美を差し上げます。せっかくここまで、一人で付いて来られたのですからね」

エマが微笑んだまま言った。花のようなその微笑みは美しく、邪悪だった。

「……ご褒美？」

どこかぼんやりと、キャサリンは鸚鵡返しをする。たくさんのことが起こり過ぎていて、感情が麻痺してしまったようだった。

エマが分からなかった。目の前にいるのは、本当にエマなのだろうか。

——これは、誰？

「知りたいのでしょう？　そのために、ここまでやって来たのでしょう？」

違うのですか、とエマがまた小さく首を傾げる。

何を、とは訊かなかった。きっとエマはキャサリンが抱いた全ての疑問に対する答えを用意しているのだろう。これまでもそうだった。分からないことは、全部エマに訊けば良かったのだから。

でも今は、一番訊きたい質問の答えを、聞きたくなかった。

——あなたは、私を、憎んでいるの。

エマを信じたい——それなのに、もはや当のエマがそれを拒んでいる。

嘲笑うように顎を上げるエマを見た。

男性の姿をしている彼女は、それでも美しい。

エマは微笑んだまま、差し伸べた手を、ふぅ、と動かす。手を取れという合図だと分かった。

——この手を取れば、私は地獄に堕ちるのかしら。

堕天使、という言葉が浮かんだ。

美しい姿で人を魅了し、堕落させる、天界を追われた悪魔。

『王都で麻薬を売りさばいていた者を取り締まったが、大元を捕まえられていない。尋問にかけた売人が『堕天使ヨハネ』と呼ばれる男が『悪魔の薬』の掌握者だと吐いたが、実際にどんな人物であるのかは知らないようだった』

——『悪魔の薬』の掌握者は、『堕天使ヨハネ』と呼ばれている……。

自分の中で繰り返した情報は、よく知ったはずの、けれど知らない人のような、目の前のエマと、どうしようもなく重なっていく。

「おいでなさい、わたくしのかわいい、キャサリンお嬢様」

エマが駄目押しのようにそう囁いた。

『わたくしのかわいい、キャサリンお嬢様』

まるで呪いのようなその呼びかけに、キャサリンはフラリと手を伸ばす。

差し出された手の上に自分の手を重ねた一瞬、エマがひどく顔を歪めたのを見た。

――どうして、そんな顔をするの。まるで心を切られたかのように。

泣きそうな、苦しそうな表情だった。

だがすぐにその表情を消し去り薄い嘲笑を浮かべると、エマはキャサリンの手を恭しく掲げて身を翻す。

「さぁ、我らがハントリー侯爵様のお出ましですよ。丁重におもてなしをしなくては！」

恐らく部下たちに向けられた台詞だったのだろう。だが真っ先に反応したのは、その脇に佇んでいた女性だった。

「ハントリー女侯爵ですって!?　身持ちの悪い『サキュバス』じゃないの！　どうしてそんなアバズレをこんなところに！」

カナキリ声で叫ぶ女性に、キャサリンの中の矜持が呼び起こされる。自然、スッと背筋が伸びた。

面と向かってその二つ名で呼ばれたのはずいぶんと久方振りだった。そう呼ぶ連中のいる社交界から遠ざかって久しいのだから。

「そういうあなたは、私にそんな口を利けるだけの身分をお持ちなのね？」

キャサリンの二つ名を知るのであれば、貴族なのだろう。そして本人を目の前にそれだけの暴言を吐けるのだ。上位貴族である可能性が高い。

するとと女性はあからさまな侮蔑の眼差しを向けて笑った。

「お前こそ、所詮はあの色狂い男爵の娘ではないの！　下級貴族の娘が偉そうに！」

「そこまでに、レディ・チェスター」

罵詈雑言になりそうだった女性を止めたのは、エマの声だった。静かな、けれど確かな怒りを含んだ抑止に、女性は「名を呼ぶなと言ったでしょう」などと怒り出している。

――レディ・チェスターですって!?

今確かにエマは彼女をそう呼んだ。

レディ・チェスター……つまりチェスター伯爵夫人だ。そしてその名は、忘れたくても忘れられない、記憶に新しいものだ。

『堕天使ヨハネ』と取引したという貴族が薔薇の紋章の入った封筒を落としたのを見たという証言を得たんだ。この国で紋章に薔薇を使っているのは、チェスター伯爵家と、ハントリー侯爵家だけだ』

先王が徹底的に排除した『悪魔の薬』を買い、ばら撒くことで、現王の治世を揺るがそうとするレノックス派の貴族――それが、チェスター伯爵夫人だったということだろうか。

――じゃあ、エマは、本当に……？

考えたくない、考えるな、と頭を振ったキャサリンを、夫人の視線から庇うようにして、エマが小屋の中に招き入れる。

中に入った途端、ムッとした蒸気にキャサリンは息を呑んだ。

苦い植物の匂いだ。

――どこかで、嗅いだことがあるような……。

そんな感覚に捕らわれて、目を上げて驚いた。

小屋の中では大釜がいくつも焚かれている。釜の中で植物の葉のようなものが煎じられ、二、三人の上半身裸の男たちがそれをかき混ぜていた。奥では冷まされた釜の中の液体を漏斗《ろうと》に入れ、ずらりと並んだ小瓶に注ぎ込んでいる。

「な……なにを……」

唖然と小屋の中を眺めるキャサリンに、背後でエマが説明した。

「『悪魔の薬』ですよ。ここは製造小屋なんです」

「製造ですって!?」

エマの言葉にキャサリンは仰天した。

他国からの輸入品である『悪魔の薬』のレシピは門外不出で、国内での製造はできないと考えられてきた。つまり入手方法は輸入のみ。だからラスも貿易港に重点を置き調査をしていたと言っていた。

――でも、そのレシピが解読され国内で製造可能になっていたとしたら……？

いくら輸入の検閲を強化しても無駄骨だ。貿易港のある都市を調査したところで何も出て来ないに決まっている。

いや、そんなことよりも、今は。

キャサリンは涙に震えそうになる声を必死に振り絞った。

「『悪魔の薬』……じゃあ、あなた、本当に……？」

そっと振り返ったエマは、嬉しそうに笑っていた。

「ええ、わたくしが、『堕天使ヨハネ』ですよ、キャサリン様。『悪魔の薬』の掌握者、でしたか？　たいそうな名前なので気が引けていますが、まぁ作っているのはわたくしですから仕方ないのかもしれませんね」

「……どうして……」

ぼろり、と涙が零れた。

信じていた。信じたかった。

誰よりも、エマを信じてここまで来たのに。信じたくて、ここまで来たのに。

だがキャサリンの涙を見て、エマは堪え切れないといったように噴き出す。

「どうして？　どうして、ですって？　それはわたくしが『堕天使ヨハネ』ということに対して？　それとも、わたくしがあなたを憎んでいるということに対してですか？」

エマ自身にその事実を突き付けられ、キャサリンは心に矢を受けたかのような衝撃を受けた。ぼたぼたと涙が滝のように溢れ落ちていく。

「――ッ、憎んで、いるの……？」

「アハハハハハッ！」

とうとうエマが気が触れたかのように哄笑した。

「ああ、おかしい！　本当に、何も知らない無垢なキャサリン様！　苦労も知らずに護られてぬくぬくと育っただけのお嬢様。貧民街でひとかけらのパンを争って、殴られたことなどないんでしょう？　ひもじさから変態じじいの足を舐めたことなどないのでしょう？　わたくしはやってきました。そうやってしか生きていく方法を知らなかったから。何故？　どうしてこんなにも、あなたとわたくしの間に差があるのですか？」

狂ったように笑うエマに問いかけられ、キャサリンは青褪めながら首を振った。

エマが平民だとは知っていた。だがそんなに悲惨な幼少期を過ごしてきたとは知らなかった。

エマは貴族が嫌いなのだろう。

だが、だからといってキャサリンを憎む理由になるのだろうか。

エマの剣幕に怯えながらも釈然としないキャサリンは、必死に何度も首を振った。

「差なんてないわ、エマ！　私はあなたを家族のように思っていた！　それに――」

自分よりもずっと能力の高いエマをいつか解放するつもりだった。あなたがその能力を忌憚なく発揮できる場所へ飛び立てるように――そう言おうとして思い留まった。キャサリンは思っていただけだ。何もしていない。

言い淀んだキャサリンに、追い打ちをかけるようにエマが続けた。

「家族、ね……、ふふ、ああ、楽しい！」

「エマ……？」

「いいことを教えてあげましょうか、キャサリンお嬢様」

エマは楽しくてたまらないと言わんばかりに、歌うように喋り続ける。

キャサリンの顎に指を伸ばし、つい、と摘まみ上げる。

無理やり顔を合わされ覗き込まれた翡翠の双眸は、ギラギラと光っていた。

「わたくしはね、あなたの異母姉なんです」

息を呑んだ。

言われた言葉の意味を、脳が理解するのを拒んだ。

目を瞠ったまま固まるキャサリンに、エマが舌なめずりをする。捕食者の貌《かお》だった。

「わたくしはあなたの父上が、あなたの母上と結婚する前に町娘に産ませた非嫡出子なのですよ。だからあの父上があなたの傍に置いたのです」

「うそ……」

否定したい気持ちとは裏腹に、あの父ならば、とどこかで冷静な自分が言った。色情魔と呼ばれた男だ。それくらいしていたっておかしくはない。

「ははっ！　嘘なものですか！　嘘なら嘘でもいい！　だがわたくしはあなたを赦さない……！　何も知らず無垢な顔でわたくしを虐げ続けたあなたを！」

──していない！　そんなこと、していない！

そう叫びたかった。だが喉は嗚咽にひり付き、一言も出てきてはくれない。

エマに憎まれていた。その事実を、ようやく呑み込んでしまえたのだから。

自分のドレスをあげると言った時、どうしてエマがあんなに怒ったのか、やっと理解した。エマは自分を平民だと卑下する時、キャサリンへの憎しみを募らせていたのだ。

声もなく咽び泣くキャサリンの泣き顔に、エマが急にうっとりとした表情になって言った。

「そう、その顔。わたくしはあなたのその顔がかわいくて仕方なかったのですよ、キャサリン様」

ひく、と喉が鳴った。憎んでいると言ったり、かわいいと言ったり、エマが何を考えているのか、キャサリンにはもう分からなかった。

「私の発作を、わざと起こしていたの……？」

あの薬湯で。

ラスの言っていたことはほとんど正しかった。だからこれも答えは分かっていたが、それでも訊かずにはいられなかった。

エマは鼻歌を歌うかのように「ええ」と頷いた。

キャサリンは固く目を閉じた。閉じた瞼から熱い涙が更に流れて頬を伝う。

エマは猫でもかわいがるように、キャサリンの金の巻き毛を撫でる。

「ふふ、わたくしの手の中で苦しむあなたは本当にかわいかった。涙目で、必死に取り縋って『エマ、助けて』って言うんです。生きるも死ぬもわたくし次第。全てをわたくしに握られた憐れなその顔が、もうかわいくて、かわいくて」

肌が粟立った。

狂っている。エマは、狂っている……！

「信じていたのに……！　どうして……！」

目を開けて絞り出した糾弾に、エマは心外そうに首を傾げた。

「信じてくださって結構ですよ？　ちゃあんと発作止めの薬で助けてあげたでしょう？　わたくしはいつだって、助けてというあなたの望みを叶えて差し上げてきた。それなのにあなたときたら、あんな男にすぐに股を開いて」

下品な物言いに、カッと頬が赤くなった。

エマはラスとのことを知っている。

——どこまで、把握されているの……!?

隠していたつもりだった。だがエマはキャサリンの行動の全てを把握している。

「見張りでも、つけていたの……？」

詰《なじ》るように言ったつもりだったが、エマは当然とばかりに首肯する。

「ええ、勿論です。あなたのことは全て分かっていますよ。わたくしのいない間、自領の繁華街へ行っていたことも、そこで男たちと会っていたこともね。ラスとかいう得体の知れない男に優しくされてのぼせ上がって、ああもアッサリと籠絡されて。情けないにも程があります」

「ラスを悪く言わないで！」

得体の知れない男、と言われ、キャサリンはエマに噛みついた。

自分以外の誰かがラスを悪く言うのが赦せなかったのだ。

自分とてラスを信じ切れなかったくせに、今更何をと我ながら思う。だが最初は騙したけれど、全てを明かした後、ラスは誠実だった。キャサリンを護ろうとしてくれていた。

──それなのに、私は。

悔しさと情けなさに唇を噛むと、エマが忌々しげに舌打ちをする。

「あの男の正体を知っても、そんなことが言えますかねぇ？」

「正体って……」

ラスの、ということだろうか。意味が分からず眉を顰めると、エマは目を眇めた。

「わたくしの言うことだけを聞いていれば良かったのに、興ざめですよ、まったくね。わたくし以外の人間に発作を止めてもらったりなどして。だからもういいんです。あなたは必要ありません」

にっこりと微笑んで、エマは傍らの男二人に目で合図をする。

すると男たちはものも言わずに、見物とばかりに傍観していたチェスター伯爵夫人を後ろ手に縛り上げた。次いで、両足首も。

「きゃあっ！　何をするの！　放しなさい！」

喚き散らす夫人を小屋の脇に転がすと、エマが愉快そうにコロコロと笑った。

「何を笑っているの！　この悪魔！」

「ああ、失礼。そうしてのたうっていると、芋虫のようだと思って」

何の悪びれもなく言い切ったエマに、夫人は顔を真っ赤にして怒鳴った。

「さんざん儲けさせてやったのに、この扱いはどういうことなの！　下賤な人間のくせに、このわたくしにこんなことをしていいと思っているの！」

するとエマは笑顔のまま夫人の傍まで歩み寄ると、長い脚を振り上げてその腹を蹴り上げた。コルセットと革靴がぶつかる鈍い音が響く。

「うぐうううっ！」

容赦の欠片もないその一撃に、コルセットという防御はあっても衝撃は凄まじかったのだろう。夫人は獣のような声を上げて身をくの字にくねらせ、胃の中のものを吐いた。

がへ、げへ、と咽せ返る夫人を汚物でも見るかのような眼で眺め下ろし、エマが溜息をついた。

「ああ、臭いし汚い。儲けさせてやった、とはなんですか、芋虫風情がおこがましい。わたくしがお前たちに売ってやったのです。お間違えなく。……ああ、本当にばかを相手にするのは気分が悪い。もういっそ殺してしまいたいんですけどねぇ。あなたには証人になってもらわなくては」

殺す、という台詞に、ようやく自分が不利な立場にあるのだと理解したのだろう。涙と鼻水、そして吐瀉物《としゃぶつ》に塗れた顔を上げ、夫人が青褪め震えながら訊ねる。

「しょ、証人……？」

エマは鷹揚に頷いた。

「ええ。あなたには、『悪魔の薬』を製造し巷ではびこらせていたのが、レノックス公爵とハントリー女侯爵だという、証人になってもらいます」

「――な……！」

叫んだのはキャサリンだった。

エマがキャサリンをここに誘導した理由がようやく分かった。

『堕天使ヨハネ』とレノックス派の貴族が密会し取引すると言われた場所、ネルヴァア。

その山林の中の『悪魔の薬』の製造現場。

多過ぎる矢印の立ったハントリー女侯爵。

キャサリンを『悪魔の薬』をはびこらせていた犯人に仕立て上げるためだ。

「エマ……あなた、私に罪をなすりつけるために、全てを仕組んだの……？」

キャサリンに繋がる矢印ばかりが増えていくのだと、ラスが言っていた。

ハントリー、王国第二の港ノースポート、薔薇の紋章、そして、ネルヴァア。

キャサリンを取り囲む環境が、『悪魔の薬』へのキーワードと重なり過ぎているのだと。

エマは薔薇が綻ぶように笑った。

どうしてこの悪魔は、こんなにも美しく笑えるのだろう。

「そうですよ。『悪魔の薬』はわたくしの良い作品であり商品でしたが、レノックス派だの、どうにも危ない連中を惹きつけてしまいましたからね。そろそろ潮時だと感じていましたし」

「そんなこと、できるわけないわ！　私は『悪魔の薬』にもレノックス派にも関わっていないのに！」

キャサリンの反論に、エマは軽く肩を竦めた。

「真実は問題ではありませんよ。状況証拠があって、あとは身分のある証人が一人いれば罪状は確定します。なにしろ、犯人は既に死んでしまっているのですから。真実を語る口はどこにもない」

淡々と言うエマに、キャサリンの頭から血の気が引いた。

「――あなた、私を、殺すつもりなの……？」

そこまで憎まれていたのだろうか。

「あなたにしても、『悪魔の薬』にしても、要らなくなったものは、ちゃあんと始末してあげなくてはね？　ですからまとめて葬ってあげることにしたのです」

残念です、とエマは両手を軽く掲げた。

――殺されたくない！

本能的な恐怖が背筋を駆け上る。――逃げなくては。

キャサリンがじり、と後ずさりをすれば、その退路を塞ぐように男二人が背後を固めた。

先ほどまではチェスター伯爵夫人の傍にいたのに、いつの間に移動していたのだろう。

冷や汗が背中を伝う。

考えろ、考えろ――エマの気を逸らす方法を。

「あなたの言っていることは無理があるわ、エマ。伯爵夫人が真実を言うかもしれない。それに、レノックス公爵はここにいない。どうやって彼に罪をなすりつけるの？」

思いついた穴を指摘すれば、エマがおやおやと目を丸くした。

「キャサリンお嬢様も、ずいぶん賢くなられましたね。エマは嬉しいですよ」

「おためごかしはやめて」

ぴしゃりと言えば、エマは、ふふ、と楽しそうに含み笑いをする。

「そうですねぇ、まずひとつ目の答えは……」

そう言って、男の一人に目配せをする。すると男は奥の作業場から出来上がったばかりの薬の入った小瓶を二つ持ってくると、その内のひとつをエマに渡した。それからもうひとつを床に転がったままの夫人の鼻を摘まみ、瓶の中身を口の中に注ぎ込む。

「ん、んん――ッ！」

夫人は口の中に入れられたものが『悪魔の薬』であると分かったのだろう。だが口を開けないよう手で塞がれ、鼻も摘まれたままの状態では吐き出すことはおろか、呼吸すらできない。呼吸困難から錯乱した彼女が、ゴクリと喉を鳴らして薬を呑み込んだのを確認し、ようやく手が放される。夫人はもはや咳き込む気力もないのか、ぐったりと身を弛緩させている。

それを見届けて、エマがパン、と手を叩いた。

「はい、これで彼女は中毒者です。『悪魔の薬』が欲しくて欲しくて、わたくしの言うことならなんでも聞いてくれるでしょう。問題は解決です」

「あ、あなたは、なんてことを……！」

一瞬の間に起こったあまりの凄惨な出来事に、キャサリンは愕然とした。ゾッとするあまり、歯がカチカチと音を立てた。

エマがゆったりとした足取りで近づいてくる。その手に、『悪魔の薬』の小瓶を携えて。

――私にも、飲ませるつもりなんだわ。

逃げようとした脚はガクガクと震え、まともに動きそうもない。

怯え切った目でエマを凝視した。こんな時まで、エマは優雅で美しい。

エマは小瓶をキャサリンの唇に近づけながら、首を小さく傾げて考えるフリをして言った。

「そして二つ目の問題についてですが、それはわたくしとキャサリン様の見解の違いとしか申し上げようがありません」

二つ目の問題――レノックス公爵はここにいない、ということだ。

レノックス派の起こした事件であれば、たとえレノックス公爵がこの件に一切関わっていなくとも、無罪放免というわけにはいかないだろう。それでなくとも現王派からは煙たがられている存在だ。軽くても生涯幽閉、正直に言ってしまえば極刑が妥当だろう。

だが今この現場に、公爵と結びつく要素は何もない。政界、社交界から遠ざかっているキャサリンは当然ながら、チェスター伯爵も現王派として有名な人だ。その夫人が実はレノックス派だなどという噂は聞いたことがないし、仮にそうであっても立場上決して公言はしていないだろう。

故に、公爵に罪をなすりつけるのは無理がある。

だがエマは『見解の違い』と言った。

それはどういうことなんだろう、と考えた時、エマが唐突に大声を張り上げた。

「さぁ、出ておいでなさい、レノックス公爵閣下！　でなければ、あなたの愛しの『サキュバス』を殺してしまいますよ！」

——何を突然わけの分からないことを……！

呆気にとられる間もなく、小屋のひとつしかない扉が音を立てて開かれた。

そこに立っていたのは、ラスだった。

大柄な身体をまっすぐに伸ばし、中の全員を睥睨している。

「ラ、ラス……!?」

何故ここにラスがいるのだろう？　夢だろうか？

わけが分からないまま呆然と呟く。何故、と今日は何度思っただろう。本当に今日はなんという日だ。間違いなく、人生で最低最悪の日となるだろう。

だけどこんな状況下でも、キャサリンはラスの姿を見て安堵した。ラスに会えて嬉しいと思ってしまった。

——ラスを信じなかったくせに。

そんなことを思うなんておこがましい。我ながらずいぶんと自分勝手だ。

ラスは唇に小瓶を押し付けられているキャサリンに気づくと、眉間の皺を一層深くした。

そして目だけで頷くと、ラスはエマに焦点を据え直した。

「キャスを放せ」

「まずは丸腰かどうか確認させていただきます」

全身から殺気を漲らせるラスとは対照的に、エマはにこやかで余裕を崩さない。

それはここまで全てがエマの計画通りに運んでいる証拠なのだろう。

男たちに二人がかりで近寄られ、ラスは両手を上げて身体検査を受け入れる体勢を取る。

やがてそれが終わると、エマはチェスター伯爵夫人を起こすよう命じた。

男の一人が夫人の髪を鷲摑みにして顔を上げさせる。痛みに悲鳴を上げた夫人は、瞼を重そうに動かした。

「レディ・チェスター、残念ですが、眠るのはもう少し先です。さぁ、目の前にいる男は、あなたの敬愛してやまないレノックス公爵閣下にお間違いありませんか？」

エマの質問に、夫人が億劫そうに瞼を開く。薬が効いているのだろう。どろりとしたひどく濁った表情だった。

しかし彼女はラスの顔を認めると、満面の笑みを浮かべて叫んだ。

「まぁあああああ！　美しきオーランド殿下万歳！　オーランド・アラステア・エドワード・レノックス閣下、万歳！　わたくしは、わたくしたちは、勇敢かつ崇高なるあなた様が玉座にお座りになる日を心待ちにして――！」

「黙れ、売国奴が」

ラスが夫人の美辞麗句を苦り切った表情で一刀両断にする。

夫人の方はまともな思考回路をしていないのか、何を言われたか分からないようで、ぽかんと口を開けて固まっている。そして男が再び髪を摑んで床に頭を転がせば、またそのまま動かなくなった。

――どういうことなのだろう……？

キャサリンは今自分が見たものを頭の中で反芻した。

エマがラスを『レノックス公爵』と呼んだ。

熱狂的なレノックス派だと思われるチェスター伯爵夫人が、ラスを見て前王弟殿下だと認めた。前王弟を崇拝している彼女が彼を見間違えるとは考えにくい。

――じゃあ、つまり……。

エマは面白そうにそれを眺めていたが、「結構。閣下ご本人にお間違いないようですね」と頷いた。ラスがそれをせせら笑う。

「ここまでやっておいて、今更確認か」

「そうは仰いましても、わたくしとしても、キャサリン様の情夫としてのあなたを拝見したことはあっても、レノックス公爵閣下のご尊顔を拝したことはなかったものですからねぇ。なにしろわたくしは平民ですし。状況から判断し推測までは致しましたが、ご本人と確認する術は、レディ・チェスターにお頼りする以外なかったのですよ」

レノックス公爵閣下は、わたくしのキャサリン様と同じくらい社交界から遠ざかって久しい御方ですから、と独り言のようにエマが言う。

『ラス』は、アラステアの愛称だと今更ながらに気づきながら、キャサリンは愕然と二人のやり取りを眺めていた。

「ラス……が、前王弟……」

口に麻薬の小瓶を押し付けられているのも構わず、呟きが漏れて出た。

何かの冗談だろうか。あり得ない。

少々ガサツで、無精髭が生えていて、自称『何でも屋』のラスが？

どこの国で前王弟にして現公爵という高貴な御方が、身分を偽って活動なんかするというのか。

そう狼狽する反面、やはり、と納得している自分がいる。

ふとした折にラスの所作の中に、隠しきれない品の良さや教養を感じていたのは他ならぬキャサリンだ。元貴族なのかもしれないと思っていたくらいだ。

——それに、あの人を惹きつける魅力……。

気の荒い自警団員たちを心酔させまとめ上げる力量は、そのカリスマ性があってこそとも言えるだろう。

そしてその魅力は、人を信じることができないキャサリンすらも、惹きつけてやまなかった。

とはいうものの、レノックス公爵自ら『サキュバス侯爵』の身辺調査を行っていたという、非常識極まりない事態に、自らも非常識のレッテルを貼られて久しいキャサリンは頭を抱えたくなった。

――待って。では、レノックス公爵自ら、レノックス派を取り締まるために動いているということ？

それとも、彼には別の目的があるのだろうか。

一人ぐるぐると思考の迷路に迷い込んだキャサリンに気づいたのか、エマがクスクスと笑った。

「おやおや、キャサリン様の小さなオツムでは理解し切れないのでしょうね。エマが教えて差し上げますよ。あなたの愛しいラスは、レノックス公爵で間違いありません。もともと彼は現王の邪魔をしたくないがために、自ら臣下に下ったのは有名です。だが問題は、それでも彼を王に祭り上げたい信者が山のようにいたということです。信者たちは公爵の意志を無視して活動を続け、やがてそれがレノックス派となった。つまりですね、キャサリン様。彼にとっても、レノックス派は手に負えなくなった不要なもの、なんです。わたくしにとっての、あなたのように」

エマは子供のように嬉しそうに笑いながら話し続ける。こんなエマは初めて見た。長い付き合いをしてきたつもりだったが、エマは滅多に笑わなかったし、笑ったとしてもごく控えめで、こんなふうではなかった。

そしてその間も、手にした薬の瓶はキャサリンの唇に押し付けられたままだ。

「やめろ。お前が俺の代弁なんかするな。不愉快だ」

憮然と唸るラスに、エマはフンと鼻を鳴らし、構わず続けた。

「この男はね、わたくしが撒いた餌の情報を鵜呑《うの》みにして、あなたが『悪魔の薬』に関わる貴族だと、まんまと当たりを付けた。そしてあなたに近づき、籠絡して情報を引き出し、あわよくば共謀しているだろうレノックス派の貴族もろとも一網打尽にしたかったのですよ。そういう意味では、彼にとっても『悪魔の薬』は恰好の餌だったわけです。ですが自分が食らいついた餌が疑似餌なのだから、どうしようもないですけどねぇ」

エマはクスクスと笑い続ける。それが不愉快だった。エマの言ったことは、彼がレノックス公爵だったということ以外、全部知っている。だってラスが教えてくれたことばかりだから。ラスは、確かに最初は騙した。でもその後、ちゃんと謝って、全てを明かしてくれたのだ。

だからキャサリンは震える声で言った。

「そんなこと、知ってるわ」

キャサリンの小さな逆襲に、エマが笑いを止めた。気に食わなかったようだ。

「そうですか。いいでしょう」

静かにそう言うと、エマはラスを見上げた。

キャサリンが『悪魔の薬』を押し付けられている状況で、下手に動けないのだろう。ラスは扉の前で立ち尽くしている。

「閣下、『堕天使ヨハネ』であるあなたはここで『悪魔の薬』を巡って争い、ハントリー女侯爵に刺殺されるんですよ。そしてハントリー女侯爵様、あなたは、閣下にその反撃を喰らって殺される。それを『悪魔の薬』の被害者であるチェスター伯爵夫人が目撃した、そういうシナリオです」

エマの勝手な説明に、ラスが唸り声を上げる。

「何がそういうシナリオ、だ！　ふざけるな！」

「大丈夫、わたくしはなにしろ元天使ですから、愛し合う者たちに寛容です。あなた方がお互いに殺し合うような、残酷な真似はさせません。ちゃあんとわたくしが殺しておいて差し上げますから」

エマがにこやかに言ったのを合図に、男たちがラスの両脇を取ってはがい締めにする。

「テメエ……！」

動きを封じられてラスが歯軋《はぎし》りをする。

「すみませんねぇ、生憎《あいにく》わたくしも女性ですから、そこまで剣技に長けてはいないのです。ですから、動かぬ的を刺すくらいしかできません。無粋ですが、どうか、ご容赦を！」

エマがらしからぬ早口で言いながら、懐から小型の剣を取り出すのを、キャサリンは見ていた。エマの片手に握られていた薬の瓶が脇に放り投げられる。身を翻し、助走をつけるようにエマが走る先には、二人の男によって拘束されたラスだ。

すべてがまるで細切れのように、ゆっくりと動くように見えた。

「だ、めぇえええええええ――」

キャサリンは絶叫した。

ドス、という鈍い音と共に、ラスの身体が懐に飛び込んできたエマに抱きつくように前屈みに傾いだ。

ラスの腹に埋もれるようになっているエマの手から、ぽた、ぽた、と滴り落ちる赤黒いものが何かなんて、キャサリンは知りたくなかった。

「いやぁあああ！　どいて！　どいてぇええ！」

縺《もつ》れる足で半狂乱になってラスの傍に走る。キャサリンが近づいたことで、エマと男たちは脇に避けるようにして、ラスを放した。

キャサリンが辿り着く前に、どさり、とラスが崩れ落ちた。

「ラス！　ラス、ラス！　いやよ！　いや、いや！」

泣き叫びながらラスの身体を抱き締めるキャサリンを、エマが憐れみの眼差しで見つめる。

「ああ――お可哀想な、キャサリンお嬢様――」

そしてその血に濡れた手をキャサリンに向かって伸ばした瞬間、甲高い警笛《けいてき》のような音が鳴り響いた。

ピィイイイイイイイ――――。

その場にいた全員が、予想外の笛の音に凍り付く。音は倒れたはずのラスから鳴っている。キャサリンの腕の中で、ラスがもぞりと身じろぎをした。その口の端には小さな笛が挟まれている。

額に汗をかきながらエマをニヤリと見上げるそのハシバミ色の双眸は、自信に溢れていた。

「ザマァ見ろ。チェックメイトだ、『堕天使ヨハネ』」

「そこまでだ！　我々はネルヴァ自警団である！　全員動くな！」

バタン、と大きな音を立てて扉が蹴破られ、大勢の屈強な男たちが雪崩《なだ》れ込んでくる。

その光景を呆然と見ながら、キャサリンは縋りつくようにラスを抱き締める。

圧倒的な数の敵に、さすがのエマも逃げ出すことは不可能だと判断したのか、大人しく自警団員に後ろ手に縛り上げられている。

そうされながらも、エマはどこか面白がるようにラスを見下ろして言った。

「自警団……！　やってくれましたね、閣下」

「こちとら頭脳戦はお前ほど得意じゃなくてね。数で立ち向かうことにしたわけだ」

刺された腹の傷が痛むのだろう。懐剣を抜いていないからそこまでではないが、出血も多量なはずだ。それなのに、脂汗を滲ませながらも、ラスはエマの軽口に応じる。

「あなたはてっきり捕まりたくないから、極秘にご自分で解決したいのかと思っていましたよ。頭の悪いレノックス派の尻拭いに殺されたくはないでしょうから」

この時ばかりはキャサリンもエマの意見に賛成だった。

自警団など呼んでしまえば、ラスが――つまりはレノックス公爵がこの事件に関わっていたと証明してしまうようなものだ。

この『悪魔の薬』に関わる事件にレノックス派が関わっていると分かれば、現王派は喜々としてラスに責任を取らせ極刑に処するだろう。それは誰にも予想がつく。だからエマは、ラスが自らこの場に自警団を呼んだことが意外だったのだ。

「そいつは、俺もこの国も見くびられたもんだ。この事件がレノックス派の連中が起こしたもんだと証拠を挙げられれば、俺がこの場にいなくともこの国は俺の首を切るだろうよ。俺が王なら火種を消し潰す機会を逃したりしないし、今の王とて同じだ」

ハッと吐き出すように笑って、ラスが答える。

「そしてあなたも、この国の火種を消すためなら自分は死んでもいいというほど、愛国心が強いとでも？」

理解できない、とでも言うように、エマが眉根を寄せた。

ラスはその質問には答えなかった。片方の眉を器用に上げて、おどけたように笑う。

「さぁね」

答えを得られなかったことが意外だったのか、エマが訝しげな顔をする。

「答えてはくださらないと？」

「ひとつくらい、お前にも解けない謎があってもいいんじゃないか？　獄中で考えろよ、堕天使様」

突き放すように言われ、エマは優雅に首を傾げた。

「そうですねぇ。ですが、獄中でかどうかは分かりません。堕天使といえどわたくしは天使ですから。飛び立てる羽を持っています」

エマの軽口に反応したのは、ラスではなく自警団だった。

「減らず口は終わりだ、『堕天使ヨハネ』！　さっさと馬車に乗れ！」

低い声で命じているのは、繁華街で会ったハリス・マッカートニーだった。このネルヴァ自警団の副長だと言っていたから、この現場の責任者なのだろう。

ハリスをはじめとする自警団員たちは非常に有能だった。苦も無く縛り上げた男たち、『悪魔の薬』を製造していた者たち、そしてチェスター伯爵夫人を引っ立てるようにして小屋を出て行く。

最後に残ったエマが団員に引き摺られることなく、相変わらず優雅な足取りで歩いていくのを、キャサリンは唇を噛んで眺めていた。

だいすきだった。大切だった。信じていた。

――でも、憎まれていた。

それでも、どうしてだろう。自分たちの間にあった想い出の全てが憎しみに染まっていたのだとは思えない。だって、あんなにも温かく、愛しい、家族のような触れ合いが、絆ではないとどうして言える？

「エマ！」

キャサリンは叫んだ。

言わなくては。今、言わなくてはいけない。

もう会えないのだから。

『悪魔の薬』をこの国で売買した者は極刑に処される。エマはそれだけのことをしてしまった。

裏切られた。殺されかけた。――それでも。

「あなたは、私を好きだったと思うわ！　だって、私があなたを大好きなんだから！」

絆だった。初めて発作から救ってくれた時、運命共同体だと言って手を取ってくれた時、無表情を崩して微笑んでくれた時、庭に咲いた花をきれいだと言い合った時、難しい案件に共に頭を悩ませた時――共に過ごした時間に、ひとつ、またひとつと紡がれていった、絆だった。

そこに、どうして憎しみだけがあったなどと言える？

キャサリンの叫びに、エマがゆっくりとこちらを振り返った。

嘲りが来るかと身構えたキャサリンに、けれど降ってきたのは柔らかな窘めだった。

「本当に、ばかですねぇ、わたくしのキャサリン様は。わたくしはあなたを好きなどではありません。あなたを愛しているのですよ」

「エマ……」

「だから、この手で殺したかったのです」

至極残念そうに言われ、キャサリンは目を閉じた。

だから、と言われても到底理解できそうにない思考回路だと思う。

どう答えていいのか逡巡していると、エマが思い出したように言った。

「ああ、そうだ。キャサリン様にはひとつだけ感謝しているのですよ。なにしろ、あなたの喘息の発作止めの薬を使って実験をしていて、偶然あの『悪魔の薬』が生成できたんですから」

「え?」

思いがけないことを言われ狼狽するキャサリンに、エマは顎で小屋の奥に積まれたまだ緑が瑞々しい葉の山を示した。

「ほら、あそこにある木の葉を見てください。あれはネルヴァの山間部に生息する常緑樹の木の葉で、この根からあなたの喘息の薬は作られるんですよ。ご存知でしたか? そして、『悪魔の薬』もまた、この木の葉からできる。ただ葉の鮮度が落ちると作れないのが難点なのです。だから生産地をこのネルヴァにするしかなく運ぶのに金がかかってしまいます。ふふ、外の麻薬はとてもいい金蔓だったのに、国が輸入を取り締まってしまったから、内で作るしかなかったんです。外の麻薬とよく似た成分のものを使っていろいろ試していましたが、まさかあなたの薬が元であんなにいいモノができるなんて。あなたが喘息でなければ、わたくしの作品は存在しなかったかもしれない。本当にありがとうございます」

その作品のためにこうして捕らえられているというのに、エマは他人事のように滔々《とうとう》と語った。まるで悪びれていないその態度に、脇にいた自警団員がついに怒声を上げた。

「貴様！　戯言はもう十分だ！　とっとと馬車に乗れ！」

華奢な肩をほとんど殴られるようにして先を促され、エマは迷惑そうに眉を顰めたものの、最後にキャサリンにちらりと眼差しを向けてうっすらと微笑んだ。

「では、また。キャサリン様」

その笑みがあまりに美しく蠱惑的で、キャサリンは息を呑んだ。

扉の向こうに消えるエマの背中に翼の幻影を見た気がして、目を瞬く。

『堕天使ヨハネ』――そうか、私の傍にいたのは、堕天使だったのか、と、妙に納得をしながら。

7章　悲恋の、その後。

エマたちを連れ去った後の小屋に、キャサリンとラス、そしてハリスだけが残された。

「あなたは……レノックス公爵様で、よろしいですね？」

ハリスは読めない表情で淡々と言った。この時にはラスはぐったりとキャサリンの胸に顔を凭《もた》せ掛けていたが、その質問には目を上げてしっかりと頷いた。

「ああ、オーランド・アラステア・エドワード・レノックスだ」

「では、申し訳ございませんが、あなた様にもご同行願わなくてはなりません」

「ちょっと待って！　ラスは……閣下は怪我をされています！　お腹にはまだ懐剣が突き刺さっているの！　早く手当をしなくては！　同行よりも先にお医者様に！」

今にもラスを引き摺って行きそうなハリスから護るように、キャサリンは腕の中の大きな身体を抱き締めた。

仔猫を護る母猫もかくや、という剣幕のキャサリンに、ハリスは帽子を取って頭を掻いた。

「弱ったな……」

そう言って何故かチラリとラスを見る。

するとラスが身じろぎして、キャサリンを宥めるようにその頬を撫でた。

「大丈夫だ、キャス……」

「無理よ！　こんなに血が出ているのに……！」

治療もしないまま取り調べを受けていたら、出血多量で死んでしまうかもしれない。

それにこのまま自警団に連れて行かれれば、レノックス公爵であるラスは責任を取らされて殺されてしまうかもしれないのだ。

――そんなわけにはいかない！

キャサリンは意を決してハリスを振り仰ぐ。

「ラスを……この方を連れて行くというなら、私を殺してからになさい！」

「えええ～……」

キャサリンの決死の意志表示に、ハリスが何故か緊張感のない悲鳴を上げた。

だがそんなキャサリンを止めたのは、やはりラスだった。

「キャス……いいんだ。俺は行かなくてはならない。それが俺の……オーランド・アラステア・エドワードとしての務めだからだ」

ラスの正し過ぎる矜持と正論に、けれどキャサリンは頷くわけにはいかなかった。涙が滂沱《ぼうだ》と流れた。子供のように首を振って怪我をしたラスに取り縋る。

「イヤ！　イヤよ、エマを失ったのに、あなたまでなんて、無理よ！」

泣き叫ぶキャサリンの頭を、ラスの大きな手がヨシヨシと撫でる。

「ああ、お前を一人にはしないよ、約束する。だから、今は行かせてくれ」

何を言っているのか。行ってしまえば極刑だ。

「ウソばっかり！」

「嘘じゃない。必ず戻ってくるよ。そしてお前の傍にいる。今度会う時は、王弟でも公爵でもない、ただのラスだ。それでもいいか？」

――ああ、次、生まれ変わったら、ということなのね……。

紡がれる儚く切な過ぎる約束に、キャサリンは泣いた。

今生では、自分たちはもう結ばれない運命なのだ。

それならば、次の生でこそは、共にありたい――そう願って何が悪い？

だからキャサリンは微笑んだ。

「……ええ、待ってる。今度こそ、絶対に傍にいて」

涙に濡れた約束は、キスで閉じられた。

最期かもしれないというそのキスに自然と情熱は篭もり、長く長く続いた。

傍にいたハリスがうんざりとした顔をしていたのは、キャサリンの知らぬところであった。

先の王弟にしてレノックス公爵オーランド・アラステア・エドワードが亡くなったことが発表されたのは、その一週間後だった。

愛国心溢れるレノックス公爵は、巷ではびこる『悪魔の薬』の売人を独自に調べ、その犯人を突き止めて取り締まろうとしたところ、犯人と争いになり、刺された傷が原因で敗血症を起こし亡くなった。

最期まで国の英雄であり続けたレノックス公爵の死に、人々はいたく嘆き悲しんだ。特に公爵を神のように崇めていたレノックス派と呼ばれる貴族たちの落胆といったら凄まじかったという。

だがホッと胸を撫で下ろした者たちもいた。言わずと知れた、現王派である。

カリスマ性のあり過ぎた先王弟の脅威に怯えずに政《まつりごと》を行うことができるのだから、安堵しないわけがない。

その死に様々な反応を引き起こすレノックス公爵の、この国に対する影響力は多大であったと言わざるを得ない。

そして、王都から遠く離れたハントリーでも、『サキュバス』と呼ばれた女領主が不思議な反応を示した。

社交界から長く離れている彼女である。特に物思うことはないはずだ。

だがその知らせを聞いたハントリー女侯爵は、その場で気を失ったのだった。

＊＊＊

「本当に、これで良かったんですか？」

午後の強い陽射しが上質なレースのカーテンによって良い加減に遮られ、心地好い明るさを室内にもたらしている。調度品は全て見るからに上等だと分かるこの部屋は、王宮の一室だ。

質問を投げかけられた男は、猫足の華奢な椅子に窮屈そうに座りながら肩を竦めた。

「良いも何も、最初からこういう計画だっただろう。今更何を言ってる、フィル」

「ですが、何もあなたが全ての尻拭いをしなくても、もっと――」

質問をした美貌の男は、黒髪を揺らして言い募る。

ラスはそれを片手を上げて制した。

「先王弟はいつまでもくすぶり続ける火種でしかなかった。それを消し去るには、死しかないんだ。それに、あの方――兄上がその撲滅に尽力した『悪魔の薬』に間接的とはいえ関わってしまった以上、王弟オーランドはその責任を負わねばならない。そうでなければ、現王派は勿論、国民とて納得しないだろう」

「民はそうとは限りません。あなたは英雄だ。あなたの命を救うためなら嘆願書だってあっという間に集まるでしょう」

　唇を真一文字に引き結んで言う戦友に、ラスは呆れて溜息をついた。

「だからこそ、俺は火種そのものなんだろうが。俺の死によって反現王派の勢力は一気に削がれる。レノックス派の中には俺を神か何かのように盲信している輩も少なくなかったからな。まったく、本人の意志を無視してよくもああ盛り上がれるもんだよ」

　億劫そうに溜息をつくラスに、質問を投げかけた美貌の男が、黒髪を揺らして額に手をやった。

「それだけあなたがカリスマの権化だということですよ。実際に将軍としてのあなたは、神懸かり的な強さと人を惹きつける魅力を持っていた。豪快で快活、誰もが憧れる獅子──先王の片翼としてならば、まさにあなたは理想を具現化した存在でした。先王にもあなたと同じくらいのカリスマがあったから……ですが」

「おいおい、そこまでにしとけ、宰相閣下。あの子にも兄上の血が流れている。カリスマに育てるのはお前の役目だろう」

　ラスは渋面を作ってフィルを止める。言外に現王である幼い甥にそれが無いと言っているようなものだ。幼い子供に兄王と同じものを求めるのは酷というものだ。

　不本意ながら、先王弟オーランド・アラステア・エドワード・レノックスとしての自分は、貴族にも民にも異常なまでの人気がある。兄である先王が生きている頃にはそのことに危惧や疑問を抱いていなかった。何故なら、兄は自分以上に支持されていたからだ。そもそも、自分の人気など兄に付随したものでしかなかった。

兄は王太子だった頃から英俊豪傑の人だった。隣国より嫁いできた母后の美貌をそっくり受け継いだ容姿に、驚くほどの英知と行動力を兼ね備えた兄は国民を魅了してやまなかった。この国の歴史上、兄ほど人気のあった王は存在しないだろう。

兄とは異母兄弟だった。正妃の子である兄とは違い、妾腹だったラスは本来ならば兄と並び立つことなど到底できるはずもない立場だった。だが妾妃だった母が死んだ後、正妃が後見人となってくれたため、王太子である兄と同じ待遇で王子として育てられたのだ。

ラスの母は父の後宮の中でも身分が低く、ラスたち母子はひっそりと息を殺して生きていた。下手をすれば自殺に見せかけて毒殺されかねない殺伐とした世界だったから。実際、母が死んだのは他の妃の手によるものではないかと今でも思っている。

だがそんな中、兄は自分を分け隔てなく『弟』として扱ってくれた。

同じ師に学びながら、兄は自分の夢を語った。閉鎖的なこの国を拓《ひら》き、より自由でより活き活きとした国を創るのだと。

そして自分と共に、この国を導こうと言ってくれた。

この方の夢のために生きようと思った。この方と共に、この国を育てようと。

そのために、生きてきた。

兄と共にこの国の双翼と呼ばれ、兄の目指す国家を創るため奔走した。

苦労も多く辛酸も舐めたが、それでも毎日が輝いていた。楽しかった。

だが、それも全て、兄王がいてくれたからだ。

兄が導いてくれていたから、ラスは動くことできたのだ。

その兄を突然喪い、ラスの中の火も消えてしまった。国作りの夢も希望も情熱も、全てが消えてしまった。何を糧に生きればいいのか、生きる意味すら見失って、ラスは途方に暮れた。

いっそ兄の後を追おうかと思うほど無気力となったラスを踏み留まらせたのは、兄との最期の約束だった。

落馬によって意識不明の重体となった兄王が、駆けつけたラスがその手を握った瞬間、奇跡のように目を開いた。

そしてラスの顔を見て言ったのだ。

『あの子を護り、導いてくれ。どうか、この国に、安寧を』

あの子――兄の忘れ形見の王太子。自分の甥となる幼子を、他ならぬ兄自身から託された。

どうして否と言えようか。この世で敬愛してやまないたった一人の兄の最期の願いを、ラスは泣きながら受け止めた。

『護ります、兄上。我が命に代えても』

その答えを聞き、兄は安堵したようにわずかに微笑むと、静かに目を閉じた。

甥を王座に就け、この国に安寧をもたらす――兄との最期の約束を果たすためなら、ラスは死すら厭うつもりはなかった。

それどころか、兄王の死からずっと、自分の死に場所を探し続けていたような気もする。もともとラスは軍人気質だ。死ぬなら、何かを護って死にたかった。

兄が生きている頃には兄を、そして兄の理想を護りたかった。

兄が死んでしまった今、兄との約束を護って死ぬのなら理屈に適っていると思えたのだ。

だから『悪魔の薬』を巡る問題に、レノックス派が関わっていると分かった時、今こそその時だと思った。

甥とこの国を護るために、『悪魔の薬』を手掛かりに、もはや危険因子でしかないレノックス派を一掃する。

――火種となってしまった己自身の命もろともに。

この計画を知っているのは、摂政であるフィリップ・ダグラスだけだった。フィリップは甥の母方の叔父であり、またラスが軍を担っていた時の戦友でもあった。同じ甥を想う叔父として、国を想う者としてフィリップほど信頼できる者はいない。質実剛健、公明正大、虚無恬淡《きょむてんたん》を絵にかいたような男だ。彼ならば、自分の死後も甥を正しく導き、この国に安寧をもたらしてくれるだろう。

だが計画を打ち明けた当初から、フィリップは渋っていた。

『あなたが死ぬ必要はないでしょう！　抜け道はいくらでもある！　あなたはまだこの国にも、あの子にも必要な人だ！』

真面目なフィリップらしい発言に、だがラスは曲げなかった。

この国の法律で『悪魔の薬』に関わった者は極刑に処される。

他でもない、兄が定めた法律だ。レノックス派が関わっていると分かった段階で、ラスの死は確定していたのだ。

不本意だという気持ちがないと言ったら嘘になる。勝手にクーデターの首謀者に祭り上げられ、責任を取れと言われているようなものだ。だが、少しでも権力を持つ者であれば覚悟しておかねばならないことでもある。暴走するレノックス派が犯した罪は、自分を支持する者たちを掌握し切れなかったラスの責任なのだ。

そう何度も説得したというのに、未だにぶつぶつと言う戦友にラスは苦笑を禁じ得なかった。

「そうお前が言ってくれるのはありがたいがな、フィル。俺が死ぬという当初の計画は軌道修正しただろう？　それどころか、お前は俺の名誉を慮ったシナリオに書き直してくれた。レノックス派の犯行に心を痛めたレノックス公爵が、単身現場に乗り込み売人に刺されて死亡――国のための殉職。英雄のまま俺を殺してくれた。それだけでも十分だよ」

「そんなことは当然です！　あなたはこの国の立て役者だ！　先王とあなた、この双翼があったからこそ、今のこの国があるんです。そのあなたがいわれなき汚名に塗れるなど、あっていいはずがない！　だが私が言いたいのはそれだけじゃない！　あなたを『死んだこと』にしない方法だって取れたんです！　あなたがあの現場を取り押さえ、王の前に

『悪魔の薬』に関わった全ての者を差し出せばよかった。そうすれば……」

「レノックス公爵が生きている以上、それは蜥蜴の尻尾切りにしかならない。分かっているだろう」

フィルの言葉に被せるよう一刀両断にすれば、フィルは悔しそうに口を閉ざす。

「それに俺は嬉しいんだよ。王族としてではなく、ただのラスとして生きる――考えもしなかった世界だ。これまでの自分を全て棄ててでも、傍にいたいと思う女ができた」

鮮やかな空色の瞳を思い浮かべ、ラスの口角が自然に上がる。

「……俺は幸せだよ」

キャサリンに出会えて。彼女を愛することができて。

高慢で妖艶な美女の殻に篭もった、臆病で無垢なあの魂に魅了されてしまった。

毛を逆立てて威嚇するくせに、撫でてほしくてじっとこちらを窺っている、傷ついた仔猫のような女性だ。

愛してほしいと泣き叫びたいくせに、拒絶されるのが怖くて動けないでいるのだ。

腕に抱き込んでもう大丈夫だと囁いてやりたい。

もう二度と離れないし、離すつもりもないのだと。

傍に居続けて永遠に愛し続けると誓っても、きっと彼女は信じない。これまで父親や世間に傷つけられてきたせいで、警戒心が強く人を信用できないのだ。

――ならば、信じるまで傍にいよう。

永遠に信じられないと言われても構わない。どっちにしても永遠に傍に居座り続けるつもりなのだから。

ラスの表情に、フィルが信じられないといったように頭を振った。

「……まさかあなたが女性のために人生を曲げるとは思いませんでした」

心底驚いている様子の戦友に、ラスは肩を竦めた。

「そうか？」

「そうですよ。女性とは互いに割り切った遊び程度の付き合いしかしてこなかったではないですか。……あなたは先王の臣下であり続けるために、ご自分の血筋を残さないおつもりだったんでしょう？」

その指摘にラスは苦く笑った。

そうかもしれないし、そうではないかもしれない。

オーランド・アラステア・エドワードとしての自分は、兄と国とが全てだった。だから女性など二の次三の次でしかなかったし、妻《めと》を娶るということすら考えもしなかった。しかし、王弟であり将軍である自分が妻を娶るとなれば、必然的にその権力が妻の実家である貴族にも反映してしまう。そういった煩わしさを厭っていたのも事実であり、結果兄の政権を揺るがす要因を排除する形になっていたことを考えれば、確かにフィルの指摘は間違ってはいないのだろう。

だが――

「単に愛する女性を見つけられていなかっただけだ」

国よりも、兄よりも興味の湧く女性に、出会えなかった。

ラスに言わせれば、それだけなのだ。

キャサリンのふくれっ面を脳裏に描きながら微笑むラスに、フィルが再び信じられないといったように小さく溜息をついた。

「それも、まさかあの『サキュバス侯爵』とは……。いや、サキュバスだからこそ、なのですか？」

その言葉にラスは眉を跳ね上げる。

「それが彼女への侮辱を含んでいるなら、俺は今お前を殴るが？」

気色ばむ親友に、フィルは慌てて両手を挙げる。

「まさか。彼女がその評判とは真逆の人物であることは、あなたの話を聞いて充分理解しているつもりですよ。ただ、サキュバスと言われるだけの稀有《けう》な魅力があったからこそ、あなたの心を開けたのかな、と……」

言われて、ラスはふっと甘い笑みを零す。

そうだな、と妙に納得して頷いた。

「彼女の魅力は確かに稀有なものなのかもしれない。彼女でなければ私はこの道を選ばなかっただろうから」

最後に会ったあの時、刺されたラスが半分芝居をしているとも知らず、ラスを守ろうと泣きながら抱き締めてきたキャサリンの顔を思い出した。

傷つけられズタズタにされながらも、自分を守ろうとしてくれたその柔らかな強さ。

誰にも渡したくないと思った。この手で護っていきたいと。

静かに、しかし熱い決意を込めて微笑むラスに、フィルが言った。

「きっと素晴らしい女性なのでしょうね。ハントリー女侯爵は……」

「やらんぞ」

間髪を容れずに言って心の狭さを曝け出した元公爵に、摂政は呆れて肩をすくめる。

「取ったりしませんよ。ちゃんと今回の件にも、ハントリー公爵家が関わっていたと露見しないよう手を打ちましたから、安心してください。彼女に断罪の手がのびることはありません」

この国の摂政にそう約束され、ラスはほっとして息を吐いた。巻き込まれただけとはいえ、今回の首謀者エマはキャサリンの使用人だった。本来ならば彼女も断頭台に引きださなければならなかった。

だが彼女と生きることを選択したラスがそんなことをさせる訳がない。

自分の頼みを断れないフィルに彼女に罪が及ばないよう笑顔でゴリ押ししたのだ。

無茶な相談をしている自覚はあったので、フィルの口から直接、その約束の言葉を引き出すまでは落ち着かなかったのだ。

「無理を言ってすまなかったな」

改めて素直に謝れば、フィルは目を見開いて、それから何とも言えない表情で笑った。

泣きそうな笑顔だった。

「……いいのです。ハントリー女侯爵は領地をよく治めていると聞いています。政治にたいしても中立派ですしね。その彼女がいなくなってしまうと、こちらとしても厄介です。ですから、あの地は彼女に任せていた方が好都合、という打算があります。それに……あなたが生きる希望を再び見出してくれた。それだけで、私は充分なのですから」

共に命を託し合った戦友の言葉に、ラスの胸中に熱いものが込み上げる。

「……ありがとう、フィル」

何かしないではいられず差し出した右手を、フィルの白い手が握った。

力強い友の手をしっかりと握り返し、ラスは言った。

「託したぞ。勝手をすまん」

託したのは、この国。そして甥である現王だ。

「しかと。あなたは真に護るべき者を」

ようやく見つけたのですから、と揶揄するように口の端を上げる戦友に、ラスも同じように笑ってみせる。

「あぁ」

護ろう。護り抜いてみせる。

空色の瞳を思い描き、逸る心のままに胸の内で呼びかける。

――待ってろ、キャス。
ようやく、愛しい女のところへ行ける。
ラスは大きく息を吸い込んだのだった。

エピローグ

重い瞼を押し開けるようにして目を開く。薄暗がりの中、カーテンを引いた窓からほんの一筋の陽光が射し込んでいるのを認めて、キャサリンはもう一度瞼を閉じた。

——また、朝が来た。

ひどく身体が怠かった。泥の中でもがくように身じろぎして、ベッドの上で重い身体を起こした。

ラスの訃報《ふほう》が届いてもう二週間になる。

情けないことにキャサリンは、ラスが刺されエマが捕らえられたあの日からずっとベッドの住人だ。泣いて泣いて、泣き疲れて眠ることを繰り返していた。目が覚めた合間に新聞を読み漁り、ラス——先王弟レノックス公爵についての情報を集めた。

国民にも人気の高いレノックス公爵の事件は当然ながらどの新聞も報道していた。

彼が『悪魔の薬』に関わったレノックス派の議員を止めようとして刺され死んだという

情報を目にして、世界が暗転した。

——ラスが死んだ。

生きたまま心臓を抉り出されたかのような痛みだった。

そして、気づいた。

裏切られることよりも、辛いことがこの世には存在するのだと。

父に、アンナに裏切られた。

誰よりも信頼していたエマにまでも裏切られた。

それを辛いと、痛いと思ってきた。人から裏切られることは、この世で一番苦しいことなのだと。

だが、違った。

——もう、会えない。

あのハシバミ色の瞳を見ることができない。

甘やかすようにからかわれることもない。

あの大きな手で頭を撫でられ、髪を梳かれることも、できない。

「いや……いやよ……！」

恐ろしいほどの喪失感だった。心のほとんどが穴になってしまったかのような痛みだった。何をしても何を見ても、何も感じない。

今キャサリンの中にあるのは、ラスに会いたい、ただその望みだけだった。

裏切られても、生きていればまた会える。怒りも恨みもぶつける相手がいるのは救いなのだ。

食べ物が喉を通らず、まともに眠ることもままならなくなった。うとうとと眠りかけてはラスが刺される悪夢を見て目が覚める。

自分が少しずつ衰弱していくのが分かった。

使用人たちは主人のただならぬ様子を心配し、蜂蜜を溶かしたレモン水や消化の良いオートミールなどを運んできたが、これまでエマに任せきりだった主人の世話をどう焼いていいのか分からず右往左往していた。それを申し訳なく思うものの、今のキャサリンに気に掛ける余裕などなかった。

王都では英雄レノックス公爵の追悼式《ついとう》が王主催で大々的に行われたと聞いた。その新聞記事は読んですぐに暖炉に放り込み、火を点けて燃やした。

ラスが死んだなんて思いたくなかったからだ。

「嘘よね、ラス……」

カーテンから射し込む一筋の陽光をぼんやりと見つめながら呟いた。

あの窓は、いつかラスが忍び込んできた窓だ。

大きな体軀をしているくせに、猫のようにするりと部屋に入り込んできたのだ。

自称『何でも屋』の得体の知れない男。調子の良いことを言ってちょっかいをかけてきて、いつの間にかキャサリンの心の内側に入り込んでしまっていた。

「まるで詐欺師みたいじゃないの……」

独り言ち、くすりと笑いが漏れた。

『何でも屋』だなんてとんでもない。実は先王弟レノックス公爵閣下だったのだから、本当に嘘つきもいいところだ。

「本当に、嘘ばっかり言って……早く、謝りに来なさいよ……」

騙したことも、隠していたことも。

謝りに来てくれるなら……もう一度会えるなら、全部全部赦すから。

私も、謝るから。あなたを信じなかったことを。

そして伝えるから。あなたを愛していることを。

昨夜もさんざん泣いたにもかかわらず、まだ涙がぼろりと零れ落ちた。

「……会いたい……！」

掠れた泣き声が漏れ出た時、コツリ、と何かが窓に当たった音がした。

思わず涙が引っ込んだ。

ちょうど想い出していた場面と、現実が重なり過ぎていたからだ。

――あの時も、こうして窓ガラスに何かを当てる音がして……。

ぼんやりと動けずに固まっていると、再びコツリと窓が鳴った。

キャサリンは半ば呆然としつつ、のろのろと身体を動かしてベッドから降り、窓に近づいた。

まさか、と自分を諫めながら逸る心を抑えつけ、震える手でそろりとカーテンを開く。

ガラス窓の向こうにある姿を見つけて、声もなく涙が滂沱と溢れ出した。

「……！」

大柄な体軀。陽に透ける赤い髪、無精髭、ニヤリとした不敵な微笑。

男はガラスの向こうで泣き濡れるキャサリンの顔を見て、ハシバミ色の瞳を優しく緩ませた。

「鍵を開けろ、キャス。これじゃ涙を拭いてやることもできやしない」

ガラスを挟んで届く声はくぐもっていて、それでもちゃんと幻ではないラスの声が鼓膜を打ち、キャサリンは咽び泣きながら鍵に手を伸ばす。指が震えて上手く動かず思いの外時間がかかったが、ラスは辛抱強く待ってくれた。

ようやく鍵が外れ、ガラス戸が開いた瞬間、スルリと音もなく大きな身体が部屋の中に入り込んだ。

パタリと窓が閉められたのと、広い胸の中に抱き締められたのは同時だった。

硬く逞しい感触に、その汗の混じったラスの匂いに、キャサリンは子供のように声を上げて泣きじゃくった。

「あ、ぁ、……ああ――――！」

どれほど恋しかったか。どれほど苦しかったか。

ラスが死んだと思い、気が狂いそうな毎日だった。その想いをぶつけてやりたいのに、出てきたのは言葉にならない啼泣《ていきゅう》だけだ。

「すまない……キャス、すまない……」

ラスはそっと囁き声で謝りながら、キャサリンを抱き締めたまま子供をあやすように前後に身を揺らす。逞しい身に縋りつきながら、キャサリンはややもすれば膝が崩れ落ちてしまいそうになっていた。

――生きていた。ラスが、生きていた。

その事実にどうしようもなく安堵して、キャサリンはあの事件から初めて心を弛緩させたのだった。


ラスに慰められ、ようやく涙の止まったキャサリンは天蓋に描かれた天使の絵を見上げていた。

「ラス……？」

「ん？」

キャサリンに覆い被さっていたラスが、頬に愛しげに唇を寄せながら相槌を返した。

「私は何故今あなたに押し倒されているのかしら……？」

おかしい。どう考えてもおかしい。

涙の再会を果たし、どうしてこうなったかという説明をしてもらう予定だったはずだ。

だがその前に涙を止めなくてはな、とラスがキャサリンを抱いてベッドに上がったのだ。

最初こそ本当に子供を宥めるように抱いて髪を撫でてくれていたラスだったが、その内にその手が耳や顔をくすぐり、更には項《うなじ》、首筋、鎖骨を撫で下ろし始めた。さすがのキャサリンも「あれ?」と思い、制止の言葉をかけようとしたところで、キスをされ、気づけば押し倒されていて今に至る。

キャサリンの問いかけに、ラスは何を言っているんだとばかりに目を丸くして言った。

「そりゃ愛し合う男女が涙の再会を果たしたんだ。こうなって当然だろう」

「え……とう、ぜん、なの……?」

当然なのか、そうなのか。確かに訊きたいことは山のようにあるが、それでもこうしてラスの体温を自分の肌の上に感じられるのは、どうしようもなく幸せだった。

言葉よりも何よりも、今はラスの存在を感じたいのかもしれない。

そう思ったキャサリンは、ラスの頬を両手で包み引き寄せると、自らキスをする。

ラスの唇は柔らかく、熱かった。頤を反らして舌を伸ばせば、ラスの舌がそれを絡め取って舐める。

——ああ、ラスの味だ。

不思議だ。キスの相手の舌に味があるのだ。互いに人間なのに、まるで食べ物のようだ。

——ああ。でも、きっと今私たちは食べ合っている。

貪り合っている、の方が正しいだろうか。

肌と肌を重ねることは、互いを極限まで近くに受け入れる行為だ。己の身体の中に、相手を受け入れる。それは食べ物を飲み込むのと似ているのかもしれない。

「……は、ラス、おいし……」

そんなことを考えて思わず出てしまった台詞に、ラスが動きを止めた。

「……どこでそんな台詞を覚えたんだ……」

唸り声で呟くラスに、キャサリンはキスで酩酊した目をとろりと潤ませて見上げる。

「……どうしたの？」

キスをやめてしまわれて少し不満だったので、小さく唇を尖らせて首を傾げる。無防備なのに婀娜っぽい、そんな恋人の姿に、ラスは深い溜息をついた。

「無自覚か。この小悪魔め」

何を言われているか分からないキャサリンは眉間に皺を寄せたが、ラスが再び覆い被さってきてキスを再開してくれたので、すぐにどうでもよくなった。

今度のキスは性急だった。肉厚の舌や歯を使って、唇や口腔を食んだり舐られたりくすぐられたりすると、キャサリンはすぐに呼吸を忘れて息を荒らげてしまう。

キャサリンが呼吸困難に陥りかけていると、ラスは唇を離して耳を舐り始める。どうやら耳はキャサリンの最も敏感な場所のひとつであるようで、吐息がかかるだけでゾクゾクとした甘い慄きが背筋を走り抜ける。

小さく嬌声を漏らしながらラスの責め苦に耐えていると、いつのまにか胸元にあった手がキャサリンのネグリジェの紐を解き、中のシュミーズごと剝ぎ取ろうとしていた。だがさすがにあおむけで寝たまま脱ぐのは難しい。自分で脱ぐと言うべきかと思ったが、今脱がされると自分だけが真っ裸だと気づき思い留まった。

ラスにも脱いでもらわなくては不公平だ。キャサリンは両手でラスの胸板を押し、自分と彼との間に隙間を作ると、ラスのシャツとベストのボタンを自ら外していった。

キャサリンの意図に気づいたのか、されるがままになりつつも、ラスもまたキャサリンのネグリジェを脱がせる手の動きを再開させた。

不思議と恥ずかしさはなかった。一度見られているし、見ているせいだろうか。

——そうじゃないわ。

窓からの朝の柔らかな陽光の中、ラスの逞しい肢体が晒されていくのをつぶさに観察しつつ、自らも生まれたままの姿になりながらキャサリンは思う。

羞恥心よりも、欲が勝っているのだ。

その情欲の名は——恋情。

喪ったと思った存在を、この肌の上に、この身の内側に直接、実感したかった。

「愛しているわ」

滑り出た言葉に、ラスが瞠目し、そしてくしゃりと笑った。凛々しい眉毛が下がって、ひどく困ったような笑顔だった。

「本当に、お前には降参だよ……」

ラスは愛しげにキャサリンの額を手の甲で撫でると、おもむろにそこにキスを落とした。

「お前のこの賢そうな額も」

親指で眉毛をなぞられ、またキスが落ちる。

「意志の強そうな眉も」

空色の双眸を覗き込むようにして、ハシバミ色のそれが見つめる。キスは片方ずつ、瞼に落とされた。

「大きな猫のような青い瞳も」

鼻筋には、ラスの鼻を擦り合わされた。猫同士の挨拶のようだと思った。

「美しく通ったこの鼻も」

そのまま少し顔を下にずらして、唇は舐められた。思わずくすくすと笑えば、ラスもふっと吐息で笑いを転がし、甘噛みするように唇を食べられた。

「この薔薇の蕾のような唇も……お前を形作るすべてに、俺は心を鷲摑みにされた。その見た目の美しさだけじゃない。お前の強《したた》かそうで実は頼りないところも、泣きたいくせに泣かずに嘲笑おうとする癖も、人を信じたいのに信じられない弱さも、全部、全部、愛しいんだ」

言われたことの意味を呑み込むのに数秒かかった。

だってラスが言っているのは、キャサリンの短所ばかりだ。

自分が頼りないのを隠すために虚勢を張っている。

泣きたくても泣けないから、嘲笑うことで誤魔化してきた。

また裏切られるのが怖くて、人を信じることができない。

分かっている。分かっていても、どうしようもない。そんなふうにしか、生きてこられなかったのだから。実の父親にすら愛されないキャサリン・ローレンシア・ゴードン。

けれど、その自分の大嫌いなところを、ラスは愛しいと言った。

そんなばかな。でも。

――なんだろう、この、胸の中に湧き起こってくる衝動は。

じわりと込み上げる熱いものを必死で呑み下しながら、キャサリンは瞬きもせずにラスを見つめた。

ラスは眉を下げて微笑んでいた。

どうしてそんなに優しい顔で見つめているのだろう。

――ああ、でも。ずっと、こんなふうに、誰かに見てほしかった。

「愛しているよ、キャス」

「どうして？」

普通はこんな切り返しはおかしいのだろう。なにしろ、愛の告白に「どうして」と返すのだから。

だがキャサリンには重要な質問だった。

自分には愛される理由がない。これまで愛してほしかった全ての人間に背を向けられてきたキャサリンにとって、喉から手が出るほどほしかった愛情を差し出されたとしても、素直にそれを受け取る勇気はなかったからだ。

キャサリンの質問にラスはもう一度額にキスをして、それから話し始めた。

「お前が俺と同じで、同時に正反対だったから、だな」

「同じで、正反対？」

「そう。俺は王子と言っても妾腹で、父王の後宮では居場所がなかった。兄はその俺に居場所を与えてくれた人だったんだ。だから兄のために生きようと誓った。実際に俺には兄しかいなかった。兄が国を建て直すと言ったから、俺もそれに倣っただけだ。本当は英雄でもなんでもないんだ。兄に褒められたくて、認められたくて走り続けて来ただけだった。だから兄が死んだ時、自分の中には何もないことに気づいて呆然としたよ」

ラスの語る心境は、巷で豪胆無比の英雄として語られる『先王弟レノックス』像とはかけ離れていた。

――私と同じだ。

キャサリンは貶められた方向ではあったが、社交界で『サキュバス』とレッテルを貼られ、実際にそうであるかのように扱われ、それを苦に社交界から遠ざかった。自分では英断だと思っていたが、よく考えればこのレッテルに振り回されてきたとも言える。

これと同じように、ラスもまた『英雄レノックス』の名に、知らず知らずの内に振り回されてきたのではないだろうか。

実際、臣下に下り現王と対立しない意思表明をしたレノックス公爵を無視して、レノックス派が暴走し始めていたのは政界でも有名な話だった。

「でも、それでもあなたは英雄だわ」

ただ単に兄王の駒になっていただけで、こうも民衆に慕われるはずがない。ラスは将軍としても多大な功績をあげた。周辺諸国からの侵略を回避した国壁として、国境から凱旋した時には国中が沸いたのを、幼かったキャサリンも覚えている。

「実績があったからこそ、英雄と呼ばれるの。あなたはそれに相応しい結果を出しているもの」

ラスの頬に手を当ててそう言えば、ラスはその手に頬擦りをして目を閉じる。

「ありがとう。……だが、俺が英雄でいられたのは、兄が生きていた時までだ。兄が死んで、自分の中の虚無に気づいてしまってからは、俺は死に場所ばかりを探していたんだ」

「死に場所……？」

不穏な気配のする言葉に眉根を寄せれば、ラスが宥めるようにキャサリンの掌にキスをする。

「兄は俺の生きる理由だった。それを喪って、俺はカラッポになった。この空洞を埋めたいのに、何をしても埋まらない。思えば、兄はこれを心配していたんだろうな。自分亡き後、俺の生きる理由を作るために、死に際に王太子を王に擁立し、この国を導けと言い渡した。この約束があったから、俺はこれまで生きてきたと言っても過言じゃない。だがこの約束も、俺にとっては義務でしかなかった。甥を王座に就け、その後も俺を擁立しようとするレノックス派を牽制しつつも、全てが煩わしくて仕方なかった。虚しかった。そんな時、レノックス派の貴族が『悪魔の薬』に関わっているという情報が入ったんだ」

そこで言葉を切ると、ラスはキャサリンの目を覗き込んだ。その目尻に笑みが滲んでいる。

「俺が何と思ったか分かるか？」

意味深な質問に、キャサリンは首を振った。するとそれはラスの予想通りの反応だったようで、目に滲む笑みを深めて、ラスが囁いた。

「チャンスだ、と思ったんだ。ようやく死に場所を見つけた、とね」

瞠目するキャサリンの髪を撫でながら、ラスは続ける。

「英雄の発想じゃないだろう？　だが俺にもプライドがあってね。無駄死にはしたくなかった。何かを護って死にたいと思っていた。だから『悪魔の薬』を使ってレノックス派を一掃し、俺も死んでやろうと思っていた。『悪魔の薬』にレノックス派が関わった以上、俺にお咎めなしってのはまず無理だからな。俺が死ぬことで甥の治世は盤石なものになり、兄との約束を護ることにもなる、ってね」

ふすり、と吐き出すように笑い、ラスは小さく首を傾げてみせた。

「だが、お前に会って、死にたくなくなったんだ」

「えっ？」

壮絶な男の絶望を語られている途中で、唐突に自分の話題となり、キャサリンは面くらってしまった。

今の話のどこにキャサリンが入る要素があっただろうか。

目を瞬いていると、ラスが言った。

「『悪魔の薬』を追う内に辿り着いたお前に近づき、会えば会うほど、知れば知るほど、お前が噂されているような『サキュバス』には程遠い人物だと分かっていった。ロクデナシの父親、イチャモンをつける社交界、嫁いだ日に死んだ夫に代わり広大な土地を治めろという無理難題。理不尽ばかりが降りかかっているのだから少しはスレてもよさそうなものを、無垢さを失わず、どこか無防備で危なっかしいお前に、俺は急速に惹かれていったんだ。お前を護りたいと思った。傍にいたいと思ったんだ。だから計画を変更して、自分が死ななくてもいいように、死んだふりをすることになった。鎖帷子《くさりかたびら》を着込んだり、腹に羊の血の入った袋を巻き付けたりして、致命傷になる傷を回避する準備をして、あの現場に乗り込んだんだ。それでも思ったよりも深く刺されて、治すのに時間がかかってしまった。来るのが遅くなってすまなかった」

今は飴色に見える瞳を優しく潤ませて、ラスが囁く。その瞳に吸い込まれてしまうような錯覚に陥りながら、キャサリンは茫然とその言葉に聞き入っていた。

「愛しているよ、キャス。裏切られたと泣きながらも、人を愛さずにはいられない優しくて強いお前を、心から尊敬するし、愛している。エマが自分を裏切っていると分かってなお、虚無に染まることもなく、エマに『だいすき』だとお前が言った時、ああ、俺はこの女のここに惚れたんだと納得したんだ。お前は死に場所なんか探さない。生きる場所だけを探し求めているんだ」

――ああ、そうだったのか。

ラスの言葉が自分に染み入っていくのをキャサリンは感じていた。

――私は、生きる場所を探していたんだ。

父はキャサリンの居場所にはなってくれなかった。金で買われた亡き夫とてそうだ。社交界からは爪弾きにされ、このハントリー侯爵家にとっても、キャサリンは所詮嫁いできた余所者だ。

流されてきた人生だったと思う。何ひとつ、自分では選べなかった。

そんな中でも、必死に生きてきた。エマがいてくれたから、なんとかやってこれた。

――ああ、エマ。あなたも、居場所を探していたのかしら。

エマの無表情な美貌を想い描き、涙が込み上げる。

運命共同体だと言ってくれた。だが、エマも自分も、互いの居場所になることはできなかったのだ。二人で手に手を取って、大きな海原に浮遊しているようなものだった。

そう夢想した時、ラスから落とされた爆弾のような言葉に、キャサリンは息を呑んだ。

「キャス、俺をお前の生きる場所にしてくれないか」

目を見開いた。

ラスが真剣な眼でこちらを見下ろしていた。

「俺はもう先王弟でも、レノックス公爵でもない。何も持たないただのラスだ。それでも、俺はお前の傍にいたい。お前の生きる場所になりたい。——共に、生きたい。生きよう、キャス」

ぶわり、と全身の血が逆流した。

身体が熱い。なんだろう、この感情は。この衝動は。

叫び出したくなるのを必死で堪えたら、涙が零れた。

顔を真っ赤にして泣きながら、それでも何も言えないでいるキャサリンに、ラスは不安気に眉根を寄せた。

「……何か言ってくれ、キャス」

懇願にも、キャサリンはふるふると頭を振ることしかできない。顔を左右に振った時に、涙が耳腔に流れていって気持ち悪かったが、それを気にする余裕もなかった。

「キャス？」

ラスが訊ねるように、指でそっと頬の涙を拭う。キャサリンはぎゅっと目を閉じた。

「……だめ……、だって、爆発してしまうわ、私……！」

「爆発？」

支離滅裂な発言に、ラスはクスリと喉を震わせた。

「だって……嬉しいの、どうしたらいいの……！」

自分で言っておいて、そうか、と納得する。

この胸を占めている圧倒的な感情は、歓喜だ。

ずっとずっと欲しかったものだ。

愛する人、愛し返してくれる人。

共に生きてくれる人。

生きる、場所。

目を開いた。目の前に、ラスがいる。自分を見つめてくれている。

キャサリンは微笑んだ。

「ラス、愛しているわ……！　どうか、私をあなたの生きる場所にしてください」

心のままに喋った言葉は、言われた言葉そのままだった。

それなのに、ラスが蕩けるように微笑んだ。

腕を伸ばして互いを掻き抱いた。密着する肌と肌に、違和感など微塵もなかった。

これでいい。この腕の中が、自分の居場所だ。

ラスがキャサリンの名を呼びながら、組み敷いた華奢な身体を愛撫し出す。

たっぷりと重量感のある両方の乳房を捏ね回し、その先の尖りを指で捻る。

「んっ、ふ、……ぁ、あっ」

胸の先を口に含まれる。熱い粘膜に身がビクリと竦んだがそれも一瞬で、舌でコロコロと転がされると、我慢できない嬌声が口から漏れた。

「我慢するな、声を聴きたい」

唇を噛んで声を我慢しようとすると、ラスがそう言ってキャサリンの口の中に自分の指を入れ込んだ。長く骨張った指が自分の口内に侵入し、どうしていいか分からず目を白黒させるキャサリンに、ラスが意地悪く笑った。

「噛むなよ。噛めば、俺もお前のこれを噛むぞ」

赤い舌をべろりと出し、その上にのせられた薄紅色の胸の尖りを見せつける。ラスの口内で蹂躙されたそれは唾液に塗れてテラテラと光り、生まれたての赤子のように震えているように見えた。噛まれれば当然痛いだろう。そう思い、口の中の指を噛まないように気を付けながらコクコクと頷いた。

少し涙目のキャサリンに満足がいったのか、ラスはニタリと口の端を上げてこれ見よがしに乳首を吸いあげる。

「ふぇ、ぁあふっ！」

強い刺激に出た嬌声は、口の中に入っている指が邪魔をして抑えることができない。それどころか上顎や頬の内側をゆっくりとなぞり始め、その刺激がぞくぞくとした震えをもたらした。

「かわいい、キャス」

弄っていた胸の先を解放し、もう片方に移る際に、くぐもった笑い声を立ててラスが囁いた。ラスの指と口は丁寧にキャサリンを快楽の淵へと追い込んでいく。

ラスの開いた手がウエストのくびれから臀部へのなだらかなカーブを楽しむように滑り

降り、そっと柔らかな内股へと忍び込んだ。

真っ白なパン生地のような太腿の肉の感触を楽しんだ後、その手は薄い茂みへと伸ばされる。

胸の尖りと口腔を侵されながらも、下半身への愛撫の快楽はしっかりと拾っていたキャサリンは、その場所へ触れられることへの恥ずかしさに身を捩る。

そんな彼女の想いも状態もお見通しだったのだろう。

ラスが愉快そうにクックッと喉を鳴らした。

「こら、逃げるな」

「やあっ、だ、め……！」

必死で抵抗の言葉を紡ごうとするのに、指が邪魔してまともに喋れない。

ラスがますます笑みを深める。

「だめ？　どうして？　――ああ、恥ずかしいのか？」

その通りだったので小刻みに頷いた。それなのにラスは躊躇なく脚の間にあった手を茂みの更に奥へと伸ばしてしまった。

くちゅり、と淫らな水音が立った。

そこはこれまでの愛撫ですっかり蜜を滴らせてしまっていた。

「そうだな、こんなにびしょびしょにしてしまっていれば、恥ずかしいな、キャス」

ラスはクスクスと笑いながら蜜口を指で広げたり、敏感な花芯を弾いてみたりする。そのたびに身をひくんと撓らせてしまうキャサリンは、恥ずかしさと快楽の間で溺れそうになっていた。

「や、ぁああ、も」

ゆるりと首を振ってもラスはやめてはくれない。

外に溢れ出ていた蜜を指に馴染ませるように遊んでいたかと思うと、唐突に一本をにゅるりと中に侵入させた。

「あああっ」

異物の侵入にキャサリンは高い声を上げた。だが既に処女ではなくなっているためか、苦しいほどの圧迫感はなく、隘路はラスの指をすんなりと受け入れていた。

「ああ、前ほどきつくはないな。程よく熱く蕩けて……この中に挿《い》れたらさぞかし気持ちがいいんだろうな……」

うっとりとそう言ったラスに、キャサリンはきゅんと胸が疼いた。

愛する男性に自分の身体の中に入ることを想像されているということに、本能的な満足感が湧いたのだ。

下腹部がじんと痺れるように疼く。

欲しい。ここに、ラスを。

キャサリンは腕をラスの首に巻き付け、抱きつくようにして顔を引き寄せた。

キャサリンの急な動きに驚いたのか、ラスは彼女の口の中に入れていた指を引き抜き、その頬を撫でた。

「キャス？　どうした？」

「ラス、好き……！」

「うん」

「好きなの」

「俺も好きだ。愛している」

「私も、愛してる」

まるでつたない子供のように言い募るキャサリンに、ラスは微笑みながら応えていく。

キャサリンが抱える無数の不安の種を、ひとつひとつ、しっかりと消していくように。

「ラス、もう挿れて。中に、欲しいの……！」

本能に突き動かされるようにして哀願すれば、ラスが息を呑むのが分かった。

「ダメだ。まだ解れていない」

何かを振り切るように首を振ったラスに、キャサリンは焦れた。

「いや、もう欲しいの。あなたを、ここに」

「痛い思いをさせたくないんだ」

「痛くてもいい。あなたを感じたいの」

キャサリンはそう言って、ラスの陽根へと手を伸ばした。

「ちょ、待て……！」

今度はラスの方が焦った声を出したが、キャサリンは構わずにそれに触れた。

それは熱くて硬くて、思ったよりもつるりとした感触だった。

「っ……」

下を見ないまま、掌でぎゅっと握れば、ラスが息を詰めた。

「硬いわ、ラス」

なんの意図もない単なる感想だった。これが自分の中に入るのかと思うと、少なからず恐怖が湧く。だが同時に胸がドキドキするという妙な高揚感のままに口走ったものだ。

だがどうしてか、ラスを焚きつけるには十二分の煽り文句だったらしく、やや乱暴に両膝を肘に抱え込むようにして脚を広げさせられた。

「きゃあっ」

両脚を開き、その間にラスの身が陣取る体勢になっていた。

「煽ったのはお前だからな」

額同士がくっつくほどの至近距離で、ラスが言った。

ギラギラと欲望を滾らせた眼差しだった。怖いと思えるほどの迫力があった。それなのに、キャサリンの胸はどうしようもなく甘く疼く。

——欲しい。早く、この男を！

高揚感と酩酊感——ラスの雄に刺激され目覚めた本能に突き動かされるようにして、キャサリンはラスの頭を掻き抱いてキスをする。

ラスは止まらなかった。躊躇なく噛みつくようなキスを返し、そのまま腰を動かして己の陽根の亀頭をキャサリンの蜜口に宛てがう。

そのまま、一気に貫かれた。

「————ッ!!」

激しいキスに口を塞がれたまま、重く鋭い一突きで串刺しにされた衝撃に、キャサリンは身を強張らせる。

痛みはなかった。だがやはり慣らされていない隘路に、異物感は拭えない。

粘膜をみっちりと押し広げられ状態に、額に汗が浮いてくる。

「大丈夫か」

それでも時間とともに緊張が解けるのか、ゆるゆると四肢が弛緩し出した時にラスが訊ねた。

キャサリンの頬を撫でながら、端整な顔を気遣わしげに歪ませ見下ろしている。

「痛くはないか」

「……大丈夫、痛みはないわ。それに」

「それに？」

「あなたに、満たされている」

キャサリンは微笑んで言った。

満たされている。身体も、心も。

それを実感している。これ以上もなく。

「──どうしましょう、ラス」

涙がまたボロボロと零れた。

この圧倒的な感情を、喜びと呼べばいいのか。

すき。あいしている。すき。うれしい。うれしい。うれしい──

ああ、これが。

キャサリンはラスを見上げた。ハシバミ色の瞳が、泣くキャサリンを不安そうに見つめて揺れている。

自分の涙ごときで、この強い人がこんなにも動揺している。

──この人の心の中に、私がいる。

私の心の中に、この人がいるように。

「私、今、どうしようもなく幸せよ……」

泣きながら、言った。

幸せだ。

好きで、好きで、どうしようもなく愛している人と、身も心も繋がり合えることが。

「キャス……」

ラスに感極まったように名を呼ばれ、口づけられた。穏やかな口づけ。だがそれが余計に互いの繋がりを意識させた。

口づけ合い、抱き締め合ったまま、ラスがゆるりと腰を動かす。接合部の水音が立たない程、それはスローペースの交わりだった。

二人が揺れる旋律は、まるで凪《な》いだ湖面のさざ波のようだ。

寄せては引き、引いては寄せる。

繋がり合えるところは全て繋がり、密着できる場所は全て密着した。そうすることで、互いの体温も、呼吸も、心臓の鼓動も共有できた。

ゆったりと押し上げられていく快感の糸が、二人の上空で束になる。

束は重なり濃厚な快楽のベールとなって二人を包み込んでいく。まるで温かい蜂蜜の中を泳いでいるようだ。

「あ……ラス……！」

まとわりつく快感に、目の奥に白く瞬く星を見た。

果てが近い。それが分かって、ラスを呼んだ。

ラスにも分かっていたのだろう。

「うん」とだけ返ってきて、再び唇を合わせられる。

「果てよう。共に、このまま」

穏やかな促しに、ラスにも同じ果てが迫っていることが分かった。

「ぁあ、ああ――」

ぎゅう、と、しがみつく手に力が篭もれば、抱き締め返された。

優しく、護るように。

それに安堵して、キャサリンは瞬く星を見つめて、快楽の空を飛んだ。

＊＊＊

情事の中、気をやってしまったらしく、気がつけば裸のまま向かい合うようにしてラスに抱き締められていた。

どうやら眠っている間に拭いてくれたようで、様々な体液に塗れていたはずの身体はスッキリとしていた。

キャサリンが目を覚ましたことに気配で気づいたのか、ラスがポツリと言った。

「痩せたな」

言われて、キャサリンは苦笑した。

「ずっと食べられなかったから」

「すまん。もっと早くに生きてることを知らせたかったんだが、すぐには動かない方が良かったんだ」

死んだはずのレノックス公爵がピンシャンして外を歩いていれば、それは確かに大問題だろう。ラスが動かなかったのも頷ける。

事情が事情だけに、ラスが死んだと思い、苦しく哀しい想いをしたことは水に流した。

「いいの。あなたがこうして私の傍にいてくれるんだから、それで」

そう答えれば、ラスは抱き締める腕に力を込めた。

その仕草に少しだけ荒っぽさを感じ、キャサリンは首を傾げた。

「どうしたの？」

「……エマが逃げたそうだ」

「……え？」

「処刑台に上がる一日前に、忽然《こつぜん》と牢から姿を消した。厳重な見張りが付いていたはずだし、どうやって逃げたか分からない。まるで羽でも生えて飛んでいったかのようにいなくなったそうだ」

そう説明するラスは、とても複雑そうな顔をしている。

ラスにしてみれば、エマこそこの国に『悪魔の薬』を再びはびこらせた張本人だ。更にキャサリンを騙し裏切り続けた女だ。悪感情を持って当然だろう。

だが、キャサリンにはどうしても憎み切れなかった。

一緒に過ごした長い年月の中で、エマがキャサリンに見せた笑顔は、本物だったと思うから。

「……エマは、本当に、堕天使だったのかしら」

ぽつりと思ったことを口にすれば、ラスが顔を顰めて息を吐いた。

「天使と言うよりは、悪魔の方が似合いそうだが」

「ふふ、本当ね」

賢く、優しく、そしてきっと意地悪だったエマ。

彼女が死んでいなかったと知り、キャサリンの心に浮かぶのは、やはり安堵だった。

――エマ。私はあなたが好きだったわ。ずっと、ずっとね。

多分この先もエマを憎むことなどできないだろう。

「エマは捕まるかしら？」

逃げたのだからどこかで再び捕まる可能性がある。

――でもきっと、エマは逃げ続けるのでしょうね。

賢くて行動力のあるエマは、きっと逃げ切るに違いない。

そうあってほしい。もう二度と会うことはないだろうけれど、どこかで生きていてほしい――そう願う自分は、間違っているのだろう。

キャサリンの質問に、ラスが肩を竦めた。

「捕まるさ。自警団が逃がしはしない」

「それは自警団総督としてのお言葉？」

自信満々なラスの台詞に、キャサリンはからかうように訊ねた。するとラスはキャサリンの髪を指で梳きながら言った。

「そうじゃない。お前の夫としての言葉だ。必ずお前を護るよ。エマには決して手出しさせない」

「――エマは……また、私を……」

その後の言葉を続けられず濁したが、ラスは正確に読み取ったのだろう。眉根を寄せて首肯した。

「必ず、またお前のもとに来るだろう。あの女のお前への執着は異常だった。発作を起こさせ、そして救うことでお前の命を握っていたかったのだろう。お前がエマだけを信じ、他を排除していれば満足していたのだろうが……」

「私が、あなたに惹かれていったから」

キャサリンは小さな声でラスの言葉を続けた。

かつて自分たちを『運命共同体』だと、エマが言った。

それは決して大袈裟ではなく、真実だった。自分もエマも、あのボンクラな父親に結び付けられた実の姉妹だったのだから。

エマと自分は生温い水槽の中で、互いを搾取し合って生き延びていた。空腹を誤魔化すために、己の肉を差し出し合って、それを貪って――根本的に何も解決しない、非生産的な関係。

エマも自分も、本当に欲しいものを手に入れられなかったのだから。

愛し、愛されること。

エマを愛していた。きっと、エマも愛してくれていた。

だが、それは互いを鏡にして映し合っているだけだったのだ。

エマは、自分だ。愛したくて、愛されたくて、満たされなくて、手に入らないものを代用品で誤魔化そうとしている。

そして、歪んでいったのだ。

「エマが狂ったのは、私のせいよ……」

歪んでいく自分たちを、本当は分かっていた。だからこそ、エマを解放しなくてはと思っていたのだ。

それをしなかったのは、自分の咎だ。

一人で放り出されるのが怖かったから。

自分の傲慢な弱さに反吐が出る。ぎゅ、と噛み締めた唇に、そっと柔らかな口づけが降りた。一度目を閉じて、ゆっくりと開けると、ラスの困ったような微笑みがあった。

「だとしても、俺はお前を護るよ」

「――ラス……」

「お前が罪悪感からエマに殺されてもいいと思ったとしても、俺が殺させない。お前には、俺とこれからを生きてもらわなくてはならないからな。死にたがりの元公爵を引き留めた責任は取ってもらわなくては」

冗談めかしたその台詞に、キャサリンは泣き笑いを返した。

「……ばかね、私は死んだりしないわ。エマにも殺されたりなんかしない。あなたを置いて逝ったりしないわ」

両手でラスの両頬を包み込んでハシバミ色の瞳を覗き込む。

「あなたが、私の生きる場所よ」

「――それでこそ、俺の妻だ」

ラスが蕩けるように笑った。

それにつられるようにして、キャサリンも破顔する。

啄むようにキスをされ、それにキスを返して、広い胸の中に抱き寄せられた。肌と肌を寄せて抱き合う心地好さに、うっとりと目を閉じた。

「総督はもう降りたよ。あれはアーロンが後を引き継いだ」

「あら、そうなの？　てっきり私は、レノックス公爵をやめて自警団総督のラスとして生きていくのだと思っていたのに……」

「自警団はこれから公営になる。レノックス公爵と同じ顔をした総督なんざ、火種にしかならんだろう。俺のこれからは、ハントリー女侯爵の新しい夫だ。なにしろ妻は社交界嫌いの引き篭もりとして有名だからな。夫として妻と一緒に引き篭もっていれば、顔でバレることはないだろう」

なるほど、とキャサリンは納得する。確かに変わり者として有名な『サキュバス侯爵』がどんな相手と再婚しようが、彼女が社交界に出入りしない限りは平民である夫が出入りする理由はない。

ラスが表に出て行く必要はこれっぽっちもない。

「でもそしたら、あなたってば無職じゃないの」

「無職ですが、有能ですよ。妻の世話は勿論、政治経済にも明るくて、情報通！　ハントリーを治める良い片腕になること間違いなし！」

「まぁ！」

この国の一翼と呼ばれていた男だ。ハントリーを治めることくらいわけないだろう。エマが抜けた穴をどうやって補おうかと思っていただけに、嬉しい誤算だった。

「そしたらあなた、私の夫兼家令ってことね」

キャサリンが茶化せば、ラスが応じる。

「なんでもお命じくださいませ、ご主人様」

「ふふふ、じゃあ、また温泉に行きたいわ。連れて行ってくださるかしら？」

「お望みとあらば……」

キャサリンとラスは、くすくすと笑い合いながら再び抱き締め合う。

未来のことをこうやって約束できる幸福を、やっと手にしたのだと実感しながら。

あとがき

こんにちは、春日部《かすかべ》こみとです。

この本をお手に取ってくださってありがとうございます。

数年前から私はデグーという、げっ歯類の小動物を飼っています。リスくらいの大きさのアンデスのネズミなのですが、とても賢く、人に懐くかわいい動物です。名前は剛さんです。

その剛さん。普段はゲージの中で飼っているのですが、玄関でゲージの中のお掃除をしている際に、家族がうっかり玄関のドアを開けてしまい、外へ飛び出してしまったのです。

私も家族も大慌てで捕まえようとしたのですが、小さな剛さんはすばしっこく、あっという間にご近所の草が生い茂る空き地に駆けて行ってしまいました。

私たちは半分泣きながら家に帰り、突然の剛さんとの別れに呆然としていました。

その数時間後です。

諦めきれずにもう一度草原へ探しに行こうと外へ出た私の足もとに、何かの感触が。

ふと下を見ると、なんと小さな剛さんがこちらを見上げているではありませんか！

仰天しました。まさかネズミに帰巣本能が!?

あんなに楽しげに駆け去ってしまったのに、ちゃんと帰って来るなんて……。

驚くやら嬉しいやら、とにかく帰ってきて良かった剛さん！

もう二度とこんなことがないように心するのと同時に、デグーの賢さにビックリした一件でした。

さて、かなりどうでもいい、私の最近あった驚きの日常話は以上です。


今回、温泉が舞台のお話になっております。

なぜ温泉になったかと言いますと、ひとえに私が温泉好きだからです。

好きです、温泉。お湯の中に入ると、ふわっと身が解れるだけでなく、日常のせわしなさや煩わしさが溶けてなくなるような気分になれます。

おそらく日本人の多くの方は、私のこの意見に賛同くださるのではないでしょうか。

温泉、いいですよね。

そして面倒を見てくださっている編集者さまも、私のこの意見に賛同くださった故なのです。

ありがとうございます、Yさま。いいですよね、温泉。

という具合に、完全に私が行きたいが故だけに、舞台は温泉に決まったものの、温泉で天国極楽♪ではソーニャ文庫さまの『歪んだ愛は美しい』には辿り着きようがありません。このままでは単なる温泉同好会のレポートのような話になってしまいます。

はてさてどうしたものか、と悩んだ結果、幼少期のトラウマ&喘息持ちの悩めるヒロイン・キャサリンちゃんができあがったというわけです。ヒーローのラスくんは、飄々とした摑みどころのないヒーローを目指して書きました。

こんな二人が温泉を舞台にどう活躍するのかは、読んでみてくださいませ、とだけ記しておきます。


イラストを描いてくださったすらだまみ先生。

素敵すぎるイラストを本当にありがとうございます！

今回もご一緒させていただけて夢のようです。愛らしいキャサリン、逞しいラス……！美麗なイラストにうっとりと溜め息が零れます。キャラクターたちの性格がその絵から鮮明に伝わってきて、本当に感動いたしました！


担当してくださったYさま。

毎回遅筆な私の尻を懸命に叩いてくださり、更に無駄口ばかりの私の軌道修正をしてくださり、本当にありがとうございます。そしてご迷惑をかけてばかりで申し訳ございません。Yさまに足を向けて寝られないどころか、もう拝むしかありません。ありがたや。

そしてここまで読んでくださった皆さまに、心からの愛と感謝を込めて。

春日部こみと

この本を読んでのご意見・ご感想をお待ちしております。

◆ あて先 ◆

〒101-0051
東京都千代田区神田神保町2-4-7 久月神田ビル7階
㈱イースト・プレス　ソーニャ文庫編集部
春日部こみと先生／すらだまみ先生

サキュバスは愛欲《あいよく》にたゆたう

2016年6月5日　第1刷発行

著　　者　春日部《かすかべ》こみと
イラスト　すらだまみ
装　　丁　imagejack.inc
D T P　松井和彌
編集・発行人　安本千恵子
発 行 所　株式会社イースト・プレス
〒101-0051
東京都千代田区神田神保町2-4-7 久月神田ビル8階
TEL 03-5213-4700　　FAX 03-5213-4701
印 刷 所　中央精版印刷株式会社

ISBN 978-4-7816-9579-2
定価はカバーに表示してあります。

Sonya ソーニャ文庫の本

『夜から始まる恋人契約』　葛西青磁

イラスト 旭炬